21 世纪高等学校计算机科学与技术规划教材

U0140915

Visual Basic 习题与上机实验指导

主　编　魏书堤　王　樱　邹　飞

副主编　李康满　阳　平　王　杰　陈　琼

主　审　徐雨明

北京邮电大学出版社
www.buptpress.com

内 容 简 介

本书是《Visual Basic 程序设计教程》的配套教材。

本书的内容包括：Visual Basic 程序设计习题和解答、Visual Basic 程序设计上机实验指导和全国计算机等级考试模拟试题，内容覆盖全部 Visual Basic 程序设计课程。

本书可作为高等院校非计算机专业本科及专科生 Visual Basic 课程的配套教材或参加计算机等级考试的辅导教材，也可作为培训教材或教学参考书。

图书在版编目(CIP)数据

Visual Basic 习题与上机实验指导/魏书堤，王樱，邹飞主编. —北京：北京邮电大学出版社，2008
ISBN 978 - 7 - 5635 - 1891 - 3

Ⅰ. V…　Ⅱ. ①魏…②王…③邹…　Ⅲ. BASIC 语言—程序设计—自学参考资料　Ⅳ. TP312

中国版本图书馆 CIP 数据核字(2008)第 176296 号

书　　名	Visual Basic 习题与上机实验指导
主　　编	魏书堤　王　樱　邹　飞
责任编辑	沙一飞
出版发行	北京邮电大学出版社
社　　址	北京市海淀区西土城路 10 号(100876)
电话传真	010 - 62282185(发行部)　010 - 62283578(传真)
电子信箱	ctrd@buptpress.com
经　　销	各地新华书店
印　　刷	北京忠信诚胶印厂
开　　本	787 mm×1 092 mm　1/16
印　　张	10
字　　数	217 千字
版　　次	2009 年 1 月第 1 版　2009 年 1 月第 1 次印刷

ISBN 978 - 7 - 5635 - 1891 - 3　　　　　　　　　　　　　　　定价：19.00 元

如有质量问题请与发行部联系

版权所有　侵权必究

前　　言

本书是《Visual Basic 程序设计教程》的教学参考书，可以与教材配套使用。

全书主要内容由以下 3 个部分组成。

第 1 部分是"习题和参考答案"，这部分包含与《Visual Basic 程序设计教程》相关的全部习题及其详细解答。目的在于帮助读者深入理解教材内容，巩固所学基本概念，检验学习效果，为今后的计算机应用打下扎实的基础。为了便于阅读和理解程序，本书对编程题除给出参考程序外，还给出运行结果，以便读者对照分析。需要说明的是，对同一个题目可以编写出多种程序，书中给出的编程题答案只是其中一种参考答案。因此，希望读者不要局限和满足于书中给出的答案。在理解教材的基础上，相信读者能编写出质量更好的程序。

第 2 部分是"上机实验指导"。学习计算机程序设计的最终目的在于应用，而上机实验操作是应用的基础和捷径，只有通过上机实验，才能进一步深入理解和牢固掌握理论知识。这一部分详细介绍了 Visual Basic 6.0 的运行环境、安装过程和联机帮助，并较为系统地介绍了 Visual Basic 程序的调试和错误处理方法，同时根据《Visual Basic 程序设计教程》一书各章的重点和难点，分别设计了 12 个实验。对于每个实验内容，除给出具体要求外，还给出了较为完整的操作步骤和程序代码，力争让读者在较短的时间内，取得事半功倍的效果。

第 3 部分给出了全国计算机等级考试（Visual Basic）二级笔试模拟试题及参考答案各两套，希望对参加计算机等级考试的读者有所帮助。

本教材由从事 Visual Basic 教学的一线老师编写，参加编写的人员有徐雨明、魏书堤、邹飞、李康满、王樱、蒋瀚洋、焦铬、王杰、陈琼、朱雅莉、阳平、邓红卫、郑光勇、曾卫、刘辉、宋毅军、邹赛、余莹、王静、谢新华、欧阳陈华、戴小新、陈溪辉、易小波、向卓、尹军、陈鹏、符军、李琳、姚丽君、邹超君、邹祎、赵磊、王玉奇、林睦纲、彭佳星、刘昌荣、许琼方、孙会强、张彬、周璨、陈中、李浪、眭仁武、康江林、唐亮、罗文等。

全书由魏书堤、王樱、邹飞主编，由李康满、阳平、王杰、陈琼任副主编，由徐雨明主审。

由于作者水平有限，书中难免有错误和不足之处，敬请读者批评指正。

作者邮箱：xxl1205@163.com

编　者

2008 年 8 月

目　录

第1部分　习题和参考答案

习　题

参考答案

第 2 部分   上机实验指导

第 3 部分   全国计算机等级考试(VB)二级笔试

第1部分 习题和参考答案

习 题

第1章 VB程序设计概述

一、选择题

1.在设计阶段,当双击窗体上的某个控件时,所打开的窗口是( )。

  A.工程资源管理器窗口   B.工具箱窗口

  C.代码窗口   D.属性窗口

2.建立一个新的"标准EXE"工程后,不在工具箱中出现的控件是( )。

  A.单选按钮   B.图片框   C.通用对话框   D.文本框

3.以下不能在工程资源管理器窗口中列出的文件类型是( )。

  A..bas   B..res   C..frm   D..ocx

4.以下叙述中错误的是( )。

  A.VB是事件驱动型的可视化编程工具

  B.VB应用程序不具有明显的开始和结束语句

  C.VB工具箱中的所有控件都具有宽度(Width)和高度(Height)属性

  D.VB中控件的某些属性只能在运行时设置

5.在VB中,要把光标移到当前语句行的末尾,可以使用键盘上的( )键。

  A.Home   B.End   C.PgUp   D.PgDn

6.程序模块文件的扩展名是( )。

  A..frm   B..prg   C..bas   D..vbp

7.下列不能打开菜单编辑器的操作是( )。

    A.按快捷键Ctrl+E

    B.单击"标准"工具栏中的"菜单编辑器"按钮

    C.执行"工具"→"菜单编辑器"菜单命令

    D. 按组合键 Shift+Alt+M

8. 下列可以打开立即窗口的快捷键是(　　)。

    A. Ctrl+D　　　　　B. Ctrl+E　　　　　C. Ctrl+F　　　　　D. Ctrl+G

9. 代码窗口中的注释行使用的符号标注是(　　)。

    A. 单引号　　　　　B. 双引号　　　　　C. 斜线　　　　　D. 星形号

10. 除了系统默认的工具箱布局之外,还可以通过(　　)方法定义选项卡来安排控件。

    A. 执行"文件"→"添加工程"菜单命令

    B. 执行"工程"→"部件"菜单命令

    C. 在工具箱处执行其快捷菜单中的"添加选项卡"命令

    D. 执行"工程"→"添加窗体"菜单命令

11. 与传统的程序设计语言相比较,VB 最突出的特点是(　　)。

    A. 结构化的程序设计　　　　　　　　B. 访问数据库

    C. 面向对象的可视化编程　　　　　　D. 良好的中文支持

12. 将数学表达式 $\text{Cos}^2(a+b)+5e^2$ 写成 VB 表达式,正确的形式是(　　)。

    A. Cos(a+b)^2+5 * Exp(2)　　　　　B. Cos^2(a+b)+5 * Exp(2)

    C. Cos(a+b)^2+5 * Ln(2)　　　　　　D. Cos^2(a+b)+5 * Ln(2)

二、填空题

1. VB 的 3 种工作模式是设计、运行和_____。

2. VB 6.0 用于开发_____环境下的应用程序。

3. VB 采用的是_____驱动编程机制。

4. VB 的可编程对象有窗体、_____和外部对象。

5. 对象是_____和_____封装起来的一个整体。

6. VB 的帮助系统中获得帮助信息的方式有_____和_____两种。

7. VB 的程序设计方法是_____设计。

8. 工程窗口中显示的内容是_____。

9. 在工程资源管理器窗口中,显示出了_____所需要的文件清单。

10. 窗体布局窗口的主要用途是_____。

三、简答题

1. VB 6.0 有几种版本,其不同点是什么?

2. 启动 VB 6.0 的方法有哪几种?

3. 在一般情况下,启动 VB 时要显示"新建工程"对话框,如果想不显示该对话框,直接进入 VB 集成开发环境并建立"标准 EXE"文件,应如何操作? 如果想在启动 VB 后直接进入 单文档界面(SDI)方式并建立"标准 EXE"文件,应如何操作?

第2章　VB 的对象与编程特点

一、选择题

1. 对于具有背景色的对象,改变其背景色是通过改变对象的(　　)属性实现的。
   A. Font　　　　　　 B. BackColor　　　　 C. ForeColor　　　　 D. Caption
2. VB 的对象是将数据和程序(　　)起来的实体。
   A. 封装　　　　　　 B. 串接　　　　　　 C. 链接　　　　　　 D. 伪装
3. 事件过程是指(　　)时所执行的代码。
   A. 运行程序　　　　 B. 使用控件　　　　 C. 设置属性　　　　 D. 响应事件
4. 在窗体设计阶段,双击窗体 Form1 的空白处,可打开代码窗口,并显示(　　)过程头和过
   程尾。
   A. Form_Click　　　 B. Form1_Click　　　 C. Form_Load　　　 D. Form1_Load
5. VB 运行程序时,单击窗体可将窗体的前景色设为红色的代码段是(　　)。
   A. Private Sub Form_Click()　　　　　　　 B. Private Sub Form_Click()
   　　　Form1. BackColor＝vbRed　　　　　　　　　Form1. ForeColor＝vbRed
   　　End Sub　　　　　　　　　　　　　　　　 End Sub
   C. Private Sub Form_Click()　　　　　　　 D. Private Sub Form_Click()
   　　　BackColor＝vbRed　　　　　　　　　　　　ForeColor＝vbRed
   　　End Sub　　　　　　　　　　　　　　　　 End Sub

二、填空题

1. "Print ″a″；Spc(3)；″b″"的输出结果是_____。
2. 在窗体运行时,若要以程序代码的方式改变窗体的高度,可用_____属性进行设置。
3. 使命令按钮不可见,可通过将_____属性设置为"False"来实现。
4. 设置标签 Label1 的标题为"北京 2008"的语句为_____。
5. 设在名称为"Myform"的窗体上只有 1 个名称为 A1 的命令按钮,则命令按扭的 Click 事
   件过程的过程名是_____。

三、简答题

1. 简述 VB 编程的特点?
2. VB 的面向对象与其他的面向对象方法有何不同?
3. 如何理解 VB 对象的属性、事件和方法?并用生活中的实例加以解释?
4. 简述 VB 创建应用程序的步骤?

第3章 VB 程序设计语言基础

一、选择题

1. 下列说法不正确的是(　　)。
   A. 变量名的长度不能超过 255 个字符
   B. 变量名可以包含小数点或内嵌的类型声明字符
   C. 变量名不能使用关键字
   D. 变量名的第 1 个字符必须是字母

2. 下列符号常量的声明中,不合法的是(　　)。
   A. Const a As Single＝1. 1　　　　　　B. Const a As Double＝Sin(1)
   C. Const a＝″OK″　　　　　　　　　　D. Const a As Integer＝″12″

3. 如果一个变量未经定义而直接使用,则该变量的类型为(　　)。
   A. Integer　　　　B. Byte　　　　C. Boolean　　　　D. Variant

4. 以下几个选项中,属于日期型常量的是(　　)。
   A.″10/10/02″　　　B. 10/10/02　　　C. ♯10/10/02♯　　　D. {10/10/02}

5. 表达式″(3/2＋1) * (5/4＋2)″的值是(　　)。
   A. 8. 125　　　　B. 6　　　　C. 6. 125　　　　D. 8

6. 下面选项中,(　　)不是字符串常量。
   A.″你好″　　　B.″″　　　C.″True″　　　D. ♯False♯

7. 表达式″Int(8 * Sqr(36) * 10^(−2) * 10＋0.5)/10″的值是(　　)。
   A. . 48　　　　B. . 048　　　　C. . 5　　　　D. . 05

8. 系统符号常量的定义可以通过(　　)获得。
   A. 对象浏览器　　　B. 代码窗口　　　C. 属性窗口　　　D. 工具箱

9. 假设 X＝3,Y＝6,Z＝5,则表达式″(X^2＋Y)/Z″的值是(　　)。
   A. 1　　　　B. 5　　　　C. 3　　　　D. 2. 4

10. 假设 A＝3,B＝7,C＝2,则表达式″A＞B OR B＞C″的值是(　　)。
    A. True　　　B. False　　　C. 表达式有错　　　D. 不确定

11. 产生[10,37]之间的随机整数的 VB 表达式是(　　)。
    A. Int(Rnd(1) * 27)＋10　　　　　　B. Int(Rnd(1) * 28)＋10
    C. Int(Rnd(1) * 27)＋11　　　　　　D. Int(Rnd(1) * 28)＋11

12. 表达式″Int(−17.8)＋Abs(17.8)″的值是(　　)。
    A. 0　　　B. 0. 8　　　C. −0. 2　　　D. −34. 8

13. 表达式″Left(″how are you″,3)″的值是(　　)。
    A. how　　　B. are　　　C. you　　　D. how ar

14. 表达式"Right("Beijing",4)"的值是(　　)。

    A. Bei　　　　　　　B. jing　　　　　　　C. eiji　　　　　　　D. ijin

15. 代数式"x1－|a|＋Sin(x2＋2π)/Cos(57°)"对应的 VB 表达式是(　　)。

    A. x1－Abs(a)＋Sin(x2＋2 * 3.14)/Cos(57 * 3.14/180)

    B. x1－Abs(a)＋Sin(x2＋2 * π)/Cos(57 * 3.14/180)

    C. x1－Abs(a)＋Sin(x2＋2 * 3.14)/Cos(57)

    D. x1－Abs(a)＋Sin(x2＋2 * π)/Cos(57)

16. 可实现字符串重复以产生新字符串的函数是(　　)。

    A. String()　　　B. Repl()　　　　C. Ucase()　　　　D. Lcase()

17. 假设 a＝7,b＝3,c＝4,则表达式"a Mod 3＋b^3/c\5"的值是(　　)。

    A. 3　　　　　　　B. 1　　　　　　　C. 5　　　　　　　D. 2

18. 函数 Int(Rnd(10) * 10)是在(　　)范围内的整数。

    A. (0,1)　　　　　B. (1,10)　　　　　C. (0,10)　　　　　D. (0,9)

19. 设 a＝5,b＝4,c＝3,d＝2,表达式"3>2 * b Or a＝c And b<>c Or c>d"的值是(　　)。

    A. 1　　　　　　　B. True　　　　　C. False　　　　　D. 2

20. 设 a＝"MicrosoftVisualBasic",则以下使变量 b 的值为"VisualBasic"的语句是(　　)。

    A. b＝Left(a,10)　　B. b＝Mid(a,10)　　C. b＝Right(a,10)　　D. b＝Mid(a,11,10)

21. 设有如下语句：

    Dim a, b As Integer

    c = "VisualBasic"

    d = #7/20/2005#

以下关于这段代码的叙述中,错误的是(　　)。

    A. a 被定义为 Integer 类型变量　　　　B. b 被定义为 Integer 类型变量

    C. c 中的数据是字符串　　　　　　　　D. d 中的数据是日期类型

22. 以下能从字符串"VisualBasic"中直接取出子字符串"Basic"的函数是(　　)。

    A. Left　　　　　　B. Mid　　　　　　C. String　　　　　D. Instr

23. 设 a＝4,b＝3,c＝2,d＝1,表达式"a>b＋1 Or c<d And b Mod c"的值是(　　)。

    A. True　　　　　　B. 1　　　　　　　C. －1　　　　　　D. 0

24. 以下可以作为 VB 变量名的是(　　)。

    A. A#A　　　　　　B. counstA　　　　C. 3A　　　　　　D. ?AA

25. 设 x＝4,y＝6,则以下不能在窗体上显示出"A=10"的语句是(　　)。

    A. Print A＝x＋y　　　　　　　　　　B. Print "A＝";x＋y

    C. Print "A＝"+Str(x＋y)　　　　　　D. Print "A＝" & x＋y

26. 在窗体中添加一个命令按钮,并编写如下程序：

```
Private Sub Command1_Click()
a% = 2/3
b% = 32/9
```

```
        Print a%,b%
        End Sub
```

运行程序,输出结果为(   )。

　　A. 1 4　　　　　　　B. 0 3　　　　　　　C. 1 3　　　　　　　D. 0 4

27. 表达式"5 Mod 3 + 3\5 * 2"的值是(   )。

　　A. 0　　　　　　　　B. 2　　　　　　　　C. 4　　　　　　　　D. 6

28. VB 中的变量如果没有显示声明其数据类型,则默认为(   )。

　　A. 日期型　　　　　B. 数据型　　　　　C. 字符型　　　　　D. 变体型

29. 数学表达式"3≤x<10"表示成正确的 VB 表达式为(   )。

　　A. 3<=x<10　　　　　　　　　　　　B. 3<=x And x<10

　　C. x>=3 Or x<10　　　　　　　　　　D. 3<=x And<10

30. 在 VB 中,执行"A=123：B=Str$(A)"语句后,B 的数据类型为(   )。

　　A. 整型数　　　　　B. 字节型　　　　　C. 实型　　　　　　D. 字符型

二、填空题

1. VB 的基本数据类型有_____种,它们分别是_____、_____、_____、_____、_____、_____、_____、_____、_____、_____,这些类型对应的 VB 关键字分别是_____、_____、_____、_____、_____、_____、_____、_____、_____。

2. 在 VB 中,字符型常量应使用_____符号将其括起来,日期/时间型常量应使用_____符号将其括起来。

3. 在 VB 6.0 中使用窗体变量时,必须先_____。

4. 在 VB 6.0 中,字符是采用_____编码方式来表达和存储的。在该种编码方式下,一个汉字或一个英文字符均视为_____个字符,每个字符均采用_____个字节来编码。

5. 在 VB 6.0 中,取模运算符是_____。

6. 表达式""12"+"34""的值是_____,表达式""12"&"34""的值是_____,表达式"12&34"的值是_____,表达式"12+34"的值是_____。

7. 表示条件"变量 A 为能被 5 整除的偶数"的布尔表达式是_____。

8. 执行下列程序段后,A 的值为_____,B 的值为_____,该程序段达到了_____的目的。

```
        A = 100
        B = 50
        A = A + B
        B = A - B
        A = A - B
```

9. 以下语句的输出结果是_____。

　　Print Int(12345.6789 * 100＋0.5)/100

10. 设 a＝2,b＝3,c＝4,d＝5,表达式"3 ＞ 2 * b Or a ＝ c And b ＜＞ c Or c ＜ d"的值
　　是_____。

11. 下列符号中,_____是 VB 合法的变量名。

(1) a123	(2) a12_3	(3) 123_a	(4) a 123	(5) Integer
(6) XYZ	(7) False	(8) sin(x)	(9) sinx	(10) 变量名
(11) abcdefg	(12) 1234			

三、简答题

1. 试说明如何区分 VB 变量的数据类型?

2. 将数字字符串转换成数值,用什么函数? 判断是否是数值型字符串,用什么函数? 取字符
　　串中的某几个字符,用什么函数? 大小写字母间的转换用什么函数?

3. 在 VB 6.0 中,对于没有赋初值的变量,系统默认的值是什么?

4. 如果 X 是一个正实数,对 X 的第 3 位小数四舍五入,该怎样实现?

第4章 VB 程序设计

一、选择题

1. 以下不是结构化程序设计的基本控制结构的是( )。
   - A. 逆序结构
   - B. 顺序结构
   - C. 选择结构
   - D. 循环结构

2. For 语句的格式如下:

   For <循环变量>=<初值> To <终值> [Step <步长>]
   　　 [<循环体>]
   　　 [Exit For]
   　 Next [<循环变量>]

   下列说法错误的是( )。
   - A. 步长只能为正数,不能为负数
   - B. 步长为 1 时,可略去不写
   - C. 初值、终值和步长都是数值表达式
   - D. Next 后的循环变量与 For 语句中的循环变量必须相同

3. InputBox 函数返回值的类型是( )。
   - A. 数值型
   - B. 字符串型
   - C. 变体型
   - D. 逻辑型

4. 关于条件语句,下列说法错误的是( )。
   - A. 条件语句中的"条件"可以是逻辑表达式或关系表达式
   - B. 条件语句中的"条件"可以是数值表达式,非 0 值表示 True,0 值表示 False
   - C. 在块结构条件语句中,"语句块"中的语句不能与 Then 在同一行上
   - D. 块结构的条件语句和单行结构的条件语句都必须以 End If 结束

5. 下列关于条件语句的说法中正确的是( )。
   - A. If 语句中可以没有 Then 保留字
   - B. If 语句中可以没有 Else 保留字
   - C. If 语句中只能有一个 ElseIf 分句
   - D. If 语句都可以由 IIf 语句替代

6. Do 循环语句是根据条件决定循环的语句,下列说法正确的是( )。
   - A. While 是当条件为真时执行循环,而 Until 是在条件变为真之前重复
   - B. Until 是当条件为真时执行循环,而 While 是在条件变为真之前重复
   - C. While 和 Until 都是当条件为真时执行循环
   - D. While 和 Until 都是在条件变为真之前执行循环

7. 执行下面的语句后,所产生的消息框的标题栏是(　　)。

> A = MsgBox("aaaa",5 ,"bbbb")

　A. bbbb　　　　　　　B. aaaa　　　　　　　C. 空　　　　　　　D. 5

8. 以下程序段的输出结果是(　　)。

```
x = 1：y = 4
Do Until y > 4
    x = x * y：y = y + 1
Loop
Print x
```

　A. 1　　　　　　　　B. 4　　　　　　　　C. 8　　　　　　　D. 20

9. 对于下列语句,其输出结果是(　　)。

```
a = 2：b = 1：c = 0
If a Then If b Then If c Then Print "1" Else Print "2" Else Print "3" Else Print "4"
```

　A. 1　　　　　　　　B. 2　　　　　　　　C. 3　　　　　　　D. 4

10. 以下程序段的输出结果是(　　)。

```
score = Int(Rnd * 5) + 80
Select Case score
    Case 60 to 69：    a$ = "D"
    Case 70 to 79：    a$ = "C"
    Case 80 to 89：    a$ = "B"
    Case else：        a$ = "A"
End Select
Print a$
```

　A. A　　　　　　　　B. B　　　　　　　　C. C　　　　　　　D. D

11. 情况选择语句的一般格式如下:

```
Select Case <测试表达式>
    Case <表达式表列 1>
        [<语句块 1>]
        …
    [Case Else]
        [<语句块 n>]
End Select
```

其中表达式列表的形式通常有 3 种,下列选项中不属于这 3 种形式的是(　　)。

A. <表达式 1>[,<表达式 2>]…

B. <表达式 1> To <表达式 2>

C. Like <关系表达式>

D. Is <关系表达式>

12. 下列程序运行时,会产生(　　　)错误。

```
Dim Stu(2, 3)
For i = 1 To 4
    For j = 1 To 5
        Stu(i, j) = i * j
    Next j
Next i
```

A. 下标越界
B. 大小写不匹配
C. 数组定义错误
D. 循环嵌套错误

13. 假定有以下循环结构:

```
Do Until 条件
    循环体
Loop
```

则正确的描述是(　　　)。

A. 如果"条件"是一个为 0 的常数,则一次循环体也不执行
B. 如果"条件"是一个为 0 的常数,则无限次执行循环体
C. 如果"条件"是一个不为 0 的常数,则至少执行一次循环体
D. 不论"条件"是否为真,至少要执行一次循环体

14. 假定有以下循环结构:

```
Do While <条件>
    循环体
Loop
```

则正确的描述是(　　　)。

A. 如果"条件"是一个为 1 的常数,则一次循环体也不执行
B. 如果"条件"是一个为 1 的常数,则无限次执行循环体
C. 如果"条件"是一个不为 1 的常数,则至少执行一次循环体
D. 不论"条件"是否为真,至少要执行一次循环体

15. 以下程序段的输出结果是(　　　)。

```
num = 0
While num <= 2
    num = num + 1
    Print num;
Wend
```

A. 1 2 3
B. 1 1 1
C. 3 2 1
D. 2 1 3

16. 以下程序段的输出结果是(　　　)。

```
n = 1：s = 0
Do
     s = s + n：n = n + 1
Loop While n <= 100
Print s
```

A. 4949   B. 5050

C. 4950   D. 5049

17. 以下程序段的输出结果是（   ）。

```
Print Format(#9：21：30 PM#,"h-m-s AM/PM")
```

A. 9-21-30 PM   B. 09-21-30 PM

C. 9-21-30 P   D. 09-21-30 P

18. 以下程序段的输出结果是（   ）。

```
Print Format(#9：21：30 PM#,"hh：mm：ss A/P")
```

A. 9：21：30 PM   B. 09：21：30 PM

C. 9：21：30 P   D. 09：21：30 P

19. 下列程序段执行的结果为（   ）。

```
Dim m(10)
For i = 0 To 10
    m(i) = i * i
Next i
Print m(5) Mod 10
```

A. 25   B. 10   C. 5   D. 2.5

二、填空题

1. 下面程序的输出结果是_____。

```
Private Sub Form_Click()
Print 7 \ 3
End Sub
```

2. 有以下程序段，单击窗体时的输出结果为_____、_____和_____。

```
Private Sub Form_Click()
    a = 1.78855695001
    Print Format $ (a, "##. #00")
    Print Format $ (a, "00. 000")
    Print Format $ (a, "-##. ###")
End Sub
```

3. 下列程序的运行结果是_____。

```
Private Sub Command1_Click()
x = 1
For k = 1 To 3
    If k <= 1 Then a = x * x
    If k <= 2 Then a = x * x + 1
    If k <= 3 Then a = x * x + 2
    Print a
Next k
End Sub
```

4. 运行下列程序后,在 InputBox 对话框中输入"1234"时,程序的运行结果为_____。

```
Private Sub Command1_Click()
    m = Val(InputBox("请输入一个整数!"))
    S = 0
    N = 0
    Do
    N = N + 1
    S = S + 2 ^ N
    Loop While S <= m
    Print "N=";N,"S=";S
End Sub
```

5. 请在___(1)___、___(2)___处填入代码完成程序的编写,使得运行后出现如下图案:

```
* * * * * * *
* * * * * * *
* * * * * * *
* * * * * * *
```

```
Private Sub Command1_Click()
    For i = 1 To 4
    Print Tab(10 + i)
    For j =    (1)
        Print "*";
           (2)
        Print
    Next i
End Sub
```

三、编程题

1. 编写程序,求 3000 以内能被 17 或者 23 整除的正整数的个数。

2.编写程序,求 4 位数的偶数中,所有各位数字之和是 15 的倍数的数的和。

3.用一元纸币兑换一分、两分和五分的硬币,要求兑换硬币的总数为 50 枚,问共有多少种换法(在兑换中,一分、两分或五分的硬币数可以为 0 枚)?

4.编写程序,已知 S=2+4+8+16+32+…,求 S 不大于 1500 的最大值。

5.编写程序,求一正整数等差数列的前 3 项的和,该数列前 4 项之和是 26、之积是 880。

第5章　数　组

一、选择题

1. 以下数组定义语句中,错误的是(　　)。
   A. Static a(10) As Integer
   B. Dim e(3,1 To 4)
   C. Dim b(0 To 5,1 To 3) As Integer
   D. Dim d(−10)

2. 一个二维数组可以存放一个矩形,在程序开始有"Option Base 0",则下面定义的数组中正好可以存放一个 4×3 矩阵(即只有 12 个元素)的是(　　)。
   A. Dim a(−2 To 0, 2) As Integer
   B. Dim a(3,2) As Integer
   C. Dim a(4,3) As Integer
   D. Dim a(−1 To −4,−1 To −3) As Integer

3. 以下说法不正确的是(　　)。
   A. 使用 ReDim 语句可以改变数组的维数
   B. 使用 ReDim 语句可以改变数组的类型
   C. 使用 ReDim 语句可以改变数组的每一维的大小
   D. 使用 ReDim 语句可以对数组中的每个元素进行初始化

4. 以下属于合法的 VB 数组元素的是(　　)。
   A. a6
   B. a[6]
   C. a(6)
   D. a{6}

5. 使用语句"Dim B(6) As Integer"声明数组 B 之后,以下说法正确的是(　　)。
   A. A 数组中所有元素值为 0
   B. A 数组中所有元素值不确定
   C. A 数组中所有元素值为 Empty
   D. A 数组中所有元素值为 NULL

6. 下列程序段的运行结果是(　　)。
   ```
   Dim a(3,5)
   Dim i, j As Integer
   For i = 1 To 3
       For j = 1 To 5
           a(i, j) = a(i − 1, j − 1) + i + j
       Next j
   Next i
   Print a(3, 5)
   ```
   A. 10
   B. 12
   C. 15
   D. 18

二、填空题

1. 窗体通用部分的语句"Option Base 1"决定本窗体中数组默认的下界为_____。

2.默认情况下,语句"Dim student(2,3,4)"定义的数组有_____个元素。

3.语句"Dim student(100)"定义的是一个_____维数组。

4.语句"Dim student(10,5) As Long"定义的数组元素的类型为_____。

5.有数组声明语句"Option Base 1：Dim A(3,4)",则数组 A 有_____个元素。

三、简答题

1.使用动态数组有什么优点?

2.要保留动态数组中的数据应该使用什么关键字? 此时能否改变数组的维数? 能否改变最后一维的上下界? 如不保留动态数组中的数据,能否改变数组的维数? 能否改变最后一维的上下界?

四、编程题

1.随机产生 20 个 1~100 的正整数放入数组中,显示产生的数,并求平均值以及高于平均值的数有多少个。运行界面如图 1-1 所示。

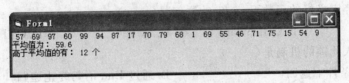

图 1-1　运行界面

要求:在窗体上单击,即产生如图 1-1 所示的显示结果。

2.由计算机产生 100 个值在 10~99 范围内的随机整数,利用数组统计其中 10~19 的数,20~29 的数,…,90~99 的数各有多少?

3.计算一个 5×6 矩阵的转置,即将矩阵对角线两侧的元素互换。各元素的值在 10~99 之间,利用随机函数产生。程序运行界面如图 1-2 所示。

图 1-2　运行界面

4.分别建立 4 个含有具有加、减、乘、除功能按钮的控件数组,当输入两个数后,单击某个命令按钮,能显示出运算的结果。

第6章 过 程

一、选择题

1. 在 VB 中,默认的参数传递方式是( )。

   A. 传址   B. 传值   C. 传值或传址   D. 传值和传址

2. 在 VB 中,函数过程与子过程必须分别用关键字( )声明。

   A. Sub 和 Function   B. Sub 和 Process

   C. Function 和 Sub   D. Function 和 Process

3. 退出子过程可使用的语句是( )。

   A. Exit Sub   B. End Sub   C. End Function   D. Exit Function

4. 在过程中,用 Dim 定义的变量是( )。

   A. 全局变量   B. 局部变量   C. 静态变量   D. 以上都不是

5. 调用一个已经定义好的函数 Swap()的语句是( )。

   A. Swap   B. Call Swap()   C. Swap()   D. Call Swap

6. 防止递归进入死锁的机制是( )。

   A. 在适当的条件下返回   B. 通过 End 语句终止递归

   C. 不需要返回   D. 通过 Stop 语句终止递归调用

7. 下面关于子过程名的命名规则中,不正确的是( )。

   A. 一个子过程只能有唯一一个子过程名

   B. 在同一个模块中,子过程名不能与函数名同名

   C. 无论有无参数,定义子过程名后的圆括号都可以省略

   D. 子过程定义格式中的"Sub 过程名"和"End Sub"是必不可少的

8. 下面子过程语句说明中,合法的是( )。

   A. Sub Abc(n%) As Integer   B. Sub Abc(ByVal n%())

   C. Function Abc%(ab%)   D. Function Abc(ByVal n%)

9. 以下过程是( )事件。

   Private Sub Form_Load()
   End Sub

   A. 命令按钮的单击   B. 命令按钮的装载   C. 窗体的装载   D. 窗体的单击

10. 在以下事件过程中,Private 表示( )。

    Private Sub txtName_Change()
    End Sub

    A. 此过程可以被任何其他过程调用

B. 此过程只可以被本窗体模块中的其他过程调用

C. 此过程不可以被任何其他过程调用

D. 此过程是一个不可用过程

11. 以下过程是（　　）。

```
Public Function MaxNum()
End Function
```

A. 用户自定义函数　B. 按钮单击事件　　　C. 窗体单击事件　　　D. 窗体属性

12. 以下过程是命令按钮的（　　）事件。

```
Private Sub Command1_Click()
End Sub
```

A. 单击　　　　　　B. 双击　　　　　　C. 拖拽　　　　　　D. 移动

13. 在窗体上添加一个命令按钮，编写如下事件过程：

```
Private Sub Command1_Click()
    a = InputBox ("Enter the First Integer")
    b = InputBox ("Enter the Second Integer")
    Print b + a
End Sub
```

程序运行后，单击命令按钮，先后在两个输入对话框中分别输入"456"和"123"，输出结果为（　　）。

A. 579　　　　　　B. 123　　　　　　C. 456　　　　　　D. 123456

14. 在运行时，若要能调用某命令按钮的 Click 事件过程，应将该按钮的（　　）属性设置为"True"。

A. Visible　　　　B. Enabled　　　　C. Default　　　　D. Value

15. 以下定义的函数中，（　　）不是按传址方式传递参数的。

A. Public Function Sum(x,y)

B. Public Function Sum(ByVal x, ByVal y)

C. Public Function Sum(x As Integer,y As Integer)

D. Public Function Sum(x%, y%)

16. 已知一窗体中有如下函数过程和一命令按钮 Command1，且 Command1 的 Click 事件中只有一行命令"Print Sum(1,2,3)"，则单击 Command1 时，输出结果是（　　）。

```
Private Function Sum( a,b,c)
    Sum = a + b + c
End Function
```

A. 1　　　　　　　B. 2　　　　　　　C. 3　　　　　　　D. 6

17. 已知一窗体中有如下函数过程和一命令按钮 Command1，则单击 Command1 时，输出结果为（　　）。

```
Private Function Sum( a,b,c)
    a = a + 1 : b = b + 1 : c = c + 1
    Sum = a + b + c
End Function

Private Sub Command1_Click()
    a = 1 : b = 2 : c = 3
    Call Sum(a,b,c)
    Print a;b;c
End Sub
```

  A. 1 2 3 　　　　　B. 2 3 4 　　　　　C. 3 4 5 　　　　　D. 4 5 6

18. 已知一窗体中有如下函数过程和一命令按钮 Command1,则单击 Command1 时,输出结果为(　　)。

```
Public Function Fn(n)
    If n = 0 Then Fn = 1 Else Fn = Fn(n − 1) * n
End Function

Private Sub Command1_Click()
    Print Fn(6)
End Sub
```

  A. 0 　　　　　　　B. 1 　　　　　　　C. 720 　　　　　　　D. 6

19. 已知一窗体中有如下函数过程和一命令按钮 Command1,则单击 Command1 时,输出结果为(　　)。

```
Public Function Fun(x, y)
    Fun = 1
    For I = 1 To y
    Fun = Fun * x
    Next I
End Function

Private Sub Command1_Click()
    Print Fun(3, 4)
End Sub
```

  A. 3 　　　　　　　B. 4 　　　　　　　C. 81 　　　　　　　D. 256

20. 已知一窗体中有如下函数过程和一命令按钮 Command1,则单击 Command1 时,输出结果为(　　)。

```
Public Function even(x)
    If x Mod 2 = 0 Then
        even = 1
```

```
        Else
            even = 0
        End If
    End Function


    Private Sub Command1_Click()
        n = 20
        If even(n) = 1 Then
            Print n; "is a even number."
        Else
            Print n; "is not a even number."
        End If
    End Sub
```

A. 20 is a even number.　　　　　　　B. 20 is not a even number.

C. n is a even number.　　　　　　　D. n is not a even number.

二、填空题

1. 在过程定义体内,如需要知道参数的上、下界,可用_____和_____函数确定实参数组的上、下界。

2. _____指的是在定义过程时,出现在 Sub 或 Function 语句中的变量名,是接收数据的变量,各个变量之间用逗号(,)隔开,且这些变量名只能在_____使用。另外形参只能使用_____数据类型,不能使用定长。例如,"x As String * 4"这样的定长字符就不能使用在形参中。_____指的是在调用过程时传送给 Sub 或函数的常数、变量、表达式或数组控件对象等。

3. VB 中的子过程有两种:一种是系统提供的内部函数过程和_____,其中事件过程是构成 VB 应用程序的主体;另一种是用户根据应用的需要而设计的过程,称为_____。

4. _____方式的特点是让过程根据变量的内存地址去访问变量的内容,即形参与实参共用相同的内存单元。数组名作为过程或函数的实参,相应的形参传递方式为_____。

5. 在 VB 程序中定义的变量、过程都有其作用域,作用域可分为_____、模块(文件)和_____ 3 个层次。其中,_____作用域最小,仅限于过程内部;_____次之,仅在某个模块或文件内;而_____范围最大,可作用于整个应用工程范围内。

6. 若函数名或过程名前加 Static,表明该函数或过程内部的局部变量都是_____。

7. 有时在编写程序时,会为达到某个目的需要重复不断地去执行某个完全相同的过程,这个过程就是_____。

8. 在 Form2 窗体的过程中引用 Form1 窗体中定义的全局变量 b,写作_____。

9. 利用函数 Sin(n)产生一个 25×10 的矩阵,求出最大值所在的行、列号乘积。

```
    Private Sub Form_Click()
        Dim a(25, 10) As Single
```

```
        n = 0
        Max = 0
        For i = 1 To 25
        For j = 1 To 10
            n = n + 15
            a(i, j) = Sin(n)
            If _____ Then
                Max = a(i, j)
                x = i
                y = j
            End If
        Next j
    Next i
    Print x * y
End Sub
```

三、简答题

1. 简述函数过程与子过程的异同？
2. 什么是形参？什么是实参？什么是值引用？什么是地址引用？
3. 为了使某变量在所有的窗体中都能使用，应在何处声明该变量？
4. 在同一模块、不同过程中声明相同变量名，两者是否表示同一个变量？有没有联系？
5. 编写通用函数过程，计算 Single 类型一维数组所有元素的平均值。

第7章 常用内部控件

一、选择题

1. 在窗体 Form1 的 Click 事件过程中有以下语句：

    Label1. Caption = ″Visual Basic″

如果本语句执行之前，标签控件的 Caption 属性为默认值，则标签控件的 Name 属性和 Caption 属性在执行本语句之前的值分别为（   ）。

    A. Label、Label   B. Label、Caption
    C. Label1、Label1   D. Caption、Label
    该语句执行后，标签控件的 Name 属性和 Caption 属性的值分别为（   ）。
    A. Label、Visual Basic   B. Label1、Visual Basic
    C. Label1、Caption   D. Label、Label1

2. 下面选项中，（   ）控件没有 Caption 属性。

    A. Form   B. TextBox
    C. Label   D. CommandButton

3. 下面的叙述中正确的是（   ）。

    A. 标签控件是专门用来显示信息的，所以不能响应鼠标的单击事件
    B. 窗体的 Enabled 属性为"False"时，窗体上的按钮、文本框等控件就不会对用户的操作做出反应
    C. 一条 VB 语句如果不超过 80 个字符是不能续行的
    D. 在 VB 程序中，同一个窗体上不可能同时出现 txtA 和 txta 两个控件名

4. 以下过程是标签 Label1 的（   ）事件。

    Private Sub Label1_Click（   ）
    End Sub

    A. 单击   B. 双击
    C. 拖拽   D. 移动
    以下过程是标签 Label1 的（   ）事件。

    Private Sub Label1_DblClick（   ）
    End Sub

    A. 单击   B. 双击
    C. 拖拽   D. 移动

5. 下列控件中可设置滚动条的是（   ）。

A. 复选框   B. 框架

C. 文本框   D. 标签

6. 标签所显示的内容,由(   )属性值决定。

    A. Text   B. Name

    C. Caption   D. Alignment

7. 复选框的控件名称为(   )。

    A. OptionBotton   B. CheckBox

    C. PictureBox   D. Image

8. 命令按钮的标题文字由(   )属性来设置。

    A. Text   B. Caption

    C. Name   D. Value

9. 命令按钮的单击事件是(   )。

    A. Value   B. DblClick

    C. Name   D. Click

10. 若要求向文本框输入密码时,只在文本框中显示"＊",则应当在此文本框的属性窗口中
设置(   )。

    A. Text 属性值为"＊"   B. Caption 属性值为"＊"

    C. PasswordChar 属性值为空   D. PasswordChar 属性值为"＊"

11. 若要设置定时器的定时间隔,可通过(   )属性来设置。

    A. Interval   B. Value

    C. Enabled   D. Text

12. 若要设置文本框可接收多行字符,可通过设置(   )属性值来实现。

    A. Multiline   B. Length

    C. Min   D. MaxLength

13. 若要设置文本框中的文本,可通过文本框控件的(   )属性来实现。

    A. Text   B. Caption

    C. Name   D. Font

14. 若要使不可见命令按钮显示出来,可通过设置(   )属性的值为"True"来实现。

    A. Visible   B. Enabled

    C. Default   D. Value

15. 若要使定时器起作用,应将其(   )属性的值设为"True"。

    A. Interval   B. Value

    C. Text   D. Enabled

16. 若要使命令按钮失效,可设置(   )属性为"False"来实现。

    A. Value   B. Enabled

    C. Visible   D. Cancel

17. 若要向列表框新增列表项,可使用(   )方法来实现。

    A. Add   B. RemoveItem

C. Clear
D. AddItem

18. 文本框的单击事件是（　　）。

A. Value
B. DblClick

C. Name
D. Click

19. 下列哪个属性可以设置窗体中显示文本的字体大小？（　　）

A. ForeColor
B. Font

C. Text
D. BackColor

20. 斜体字由（　　）属性设置。

A. FontName
B. FontSize

C. FontItalic
D. FontBold

21. 要获得垂直滚动条 VScrollBar 控件所能表示的最大值，可通过调用该控件的（　　）属性来实现。

A. Value
B. Max

C. Min
D. LargeChange

22. 要将命令按钮上的文字设置为"粗体"，可通过设置（　　）属性值为"True"来实现。

A. FontItalic
B. FontBold

C. FontUnderline
D. FontSize

23. 要将命令按钮上的字体设置为"隶书"，可设置（　　）的属性为"隶书"。

A. FontBold
B. BackItalic

C. FontName
D. FontSize

24. 要将文本框背景色设置为"红色"，可设置（　　）的属性为"vbRed"。

A. ForeColor
B. BackColor

C. BackStyle
D. BorderStyle

25. 以下选项中，不属于单选按钮属性的是（　　）。

A. Enabled
B. Caption

C. Name
D. Min

26. 组合框的风格可通过（　　）属性来设置。

A. BackStyle
B. BorderStyle

C. Style
D. Sorted

27. 标签的边框由（　　）属性的设置来决定。

A. BackColor
B. BackStyle

C. BorderStyle
D. AutoSize

28. 单选按钮的控件名称为（　　）。

A. Button
B. CheckBox

C. PictureBox
D. OptionButton

29. 当滚动条中的滑块位置变化时，将触发其（　　）事件。

A. LostFocus
B. SetFocus

C. Change
D. GetFocus

30.复选框的当前状态可通过(　　　)属性来访问。

A. Value
B. Checked

C. Selected
D. Caption

31.若要获得当前列表项的数目,可通过访问(　　　)属性来实现。

A. Columns
B. Text

C. ListIndex
D. ListCount

32.若要获得滚动条的当前值,可通过访问(　　　)属性来实现。

A. Text
B. Value

C. Max
D. Min

33.若要将命令按钮设置为默认按钮,可设置(　　　)属性为"True"来实现。

A. Cancel
B. Value

C. Enabled
D. Default

34.若要清除列表框中全部列表项,可使用(　　　)方法来实现。

A. Add
B. RemoveItem

C. Clear
D. AddItem

35.若要设置文本框最大可接收的字符数,可通设置(　　　)属性值来实现。

A. Multiline
B. Length

C. Min
D. MaxLength

36.若要使标签成为透明,可通过设置(　　　)属性来实现。

A. BackColor
B. BackStyle

C. BorderStyle
D. ForeColor

37.若要使标签的大小自动与所显示的文本相适应,可通过设置(　　　)属性的值为"True"来实现。

A. AutoSize
B. Alignment

C. Appearance
D. Visible

38.若要使只读文本框成为可编辑文本框,可通过设置(　　　)属性值为"False"来实现。

A. ReadOnly
B. Unlock

C. Enabled
D. Locked

39.文本框中内容的对齐方式,由(　　　)属性值决定。

A. Text
B. Name

C. Caption
D. Alignment

40.下列哪个操作可以清除文本框控件 Text1 的内容(　　　)。

A. Text1. Text=""
B. Text1. Cls

C. Text=""
D. Cls

41.用户在组合框中所输入的数据,可通过访问组合框控件的(　　　)属性来获得。

A. Text
B. List

C. ListIndex
D. ListCount

42.用鼠标选择列表框中的项目,将触发其(　　　)事件。

A. Change
B. Click

C. Select
D. ItemCheck

43. 在运行时,若要获得文本框中所选的文本长度,可通过访问(　　)属性来实现。

A. SelStart
B. SelLength

C. Text
D. SelText

44. 在运行时,若要使文本框获得输入焦点,可调用文本框控件的(　　)方法来实现。

A. Refresh
B. GetFocus

C. SetFocus
D. Tab

45. 当拖动滚动条时,将触发其(　　)事件。

A. LostFocus
B. SetFocus

C. Scroll
D. GetFocus

46. 假定 Picture1、Form1、Text1、Label1 分别为图片框、窗体、文本框、标签的名称,程序代码如下:

```
Private Sub Picture1_Click()
    Cls
End Sub
```

单击图片框时,清除下列哪个对象的内容? (　　)

A. Picture1
B. Text1

C. Form
D. Label1

47. 假定 Picture1 和 Text1 分别为图片框和文本框的名称,下列不正确的语句是(　　)。

A. Print 25
B. Picture1. Print 25

C. Text1. Print 25
D. Debug. Print 25

48. 若要将图片"D:\PIC\CAR. JPG"载入到当前的图片框中,应用(　　)命令。

A. LoadFile
B. LoadPicture

C. LoadPic
D. LoadJPG

49. 若要设置列表框的选择方式,可通过(　　)属性设置来实现。

A. Columns
B. Style

C. MultiSelect
D. List

50. 若要设置命令按钮为图形风格的按钮,可通过将(　　)属性设置为"Graphical"。

A. Style
B. BorderStyle

C. BackStyle
D. Appearance

51. 若要使命令按钮获得控制焦点,可使用(　　)方法来设置。

A. Refresh
B. SetFocus

C. GetFocus
D. LostFocus

52. 若要使文本框成为只读文本框,可通过设置(　　)属性值为"True"来实现。

A. ReadOnly
B. Unlock

C. Enabled
D. Locked

53. 若要文本框在失去控制焦点后,执行某一动作,可以对(　　)事件进行编程。

　　A. Refresh　　　　　　　　　　　B. SetFocus

　　C. GetFocus　　　　　　　　　　 D. LostFocus

54. 文本框的按键事件是(　　)。

　　A. KeyMove　　　　　　　　　　　B. KeyPress

　　C. MouseMove　　　　　　　　　　D. MouseUp

55. 要设置 HScrollBar 控件在单击滚动箭头时 Value 属性值的变化幅度,可通过调用该控件的(　　)属性来实现。

　　A. Value　　　　　　　　　　　　B. SmallChange

　　C. Min　　　　　　　　　　　　　D. LargeChange

56. 在运行时,若要获得文本框中所选的文本的起始位置,可通过访问(　　)属性来实现。

　　A. SelStart　　　　　　　　　　　B. SelLength

　　C. Text　　　　　　　　　　　　　D. SelText

57. 在运行时,若要获得文本框中所选定的文本,可通过访问(　　)属性来实现。

　　A. SelStart　　　　　　　　　　　B. SelLength

　　C. Text　　　　　　　　　　　　　D. SelText

58. 在图片框中显示的图形,由对象的(　　)属性决定。

　　A. Picture　　　　　　　　　　　 B. Image

　　C. Icon　　　　　　　　　　　　　D. LoadPic

59. 在图像框中显示的图形,由对象的(　　)属性决定。

　　A. Picture　　　　　　　　　　　 B. Pic

　　C. Icon　　　　　　　　　　　　　D. LoadPic

60. 由(　　)属性可将文本框中显示的文本内容读出来。

　　A. Text　　　　　　　　　　　　　B. Caption

　　C. Name　　　　　　　　　　　　　D. Value

二、填空题

1. 若要设置定时器的定时间隔为 1 秒,应将 Interval 属性值设为_____。

2. 若要使失效的命令按钮变为有效,可通过设置_____属性为"True"来实现。

3. 文本框的双击事件是_____。

4. 斜体字由_____属性设置。

5. 要获得水平滚动条 HScrollBar 控件所能表示的最小值,可通过调用该控件的_____属性来实现。

6. 由_____属性,可将字符串输入到文本框中。

7. 若要在列表框中同时选择多项,可通过设置列表框对象的_____属性来实现。

8. 在 VB 窗体中要设计两组单选按钮,应用_____控件对其分组。

9. 标签中内容的对齐方式,由_____属性值决定。

10. 假定 Picture1 和 Form1 分别为图片框和窗体的名称,如果要清除图片框中的文本信息,则应使用语句_____。

三、简答题

窗体上有 1 个名称为 List 的列表框,其中已经输入了若干个列表项,如图 1-3 所示。

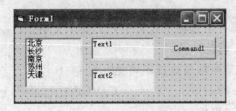

图 1-3　List 列表框中的列表项

还有 2 个文本框,名称分别为 Text1、Text2,1 个名称为 Command1 的命令按钮,并有以下程序代码:

```
Private Sub Command1_Click()
    Dim str As String, s As String, k As Integer
    s = Text1
    str = " "
    For k = List. ListCount - 1 To 0 Step -1
        If InStr(List. List(k), s) > 0 Then
            str = str & List. List(k) & " "
        End If
    Next k
    If str = " " Then
        Text2 = "没有匹配的项目"
    Else
        Text2 = str
    End If
End Sub
```

程序运行时,在 Text1 中输入"京",单击命令按钮,则在 Text2 中显示的内容是什么?

第8章　菜单设计

一、选择题

1. 在菜单编辑器中,输入哪一个选项可在菜单栏上显示文本?（　　　）
   A. 标题　　　　　　　B. 名称　　　　　　　C. 索引　　　　　　　D. 访问键

2. 下面哪个属性可以控制菜单项可见或不可见?（　　　）
   A. Hide　　　　　　　B. Checked　　　　　　C. Visible　　　　　　D. Enabled

3. 菜单控件只有一个（　　　）事件。
   A. MouseUp　　　　　B. Click　　　　　　　C. DBClick　　　　　　D. KeyPress

4. 下面说法不正确的是（　　　）。
   A. 顶层菜单不允许设置快捷键
   B. 要使菜单项中的文字具有下划线,可在标题文字前加 & 符号
   C. 有一菜单项名为 MenuT,则语句 MenuT.Enabled＝False 将使该菜单项失效
   D. 若希望在菜单中显示 & 符号,则在标题栏中输入 & 符号

5. 下面说法不正确的是（　　　）。
   A. 下拉菜单和弹出式菜单都是由菜单编辑器创建的
   B. 每一个创建的主菜单最多可以有 5 级子菜单
   C. 下拉菜单中的菜单项不可以作为弹出式菜单显示
   D. 控制下拉菜单项是否可用,由菜单编辑器中的有效属性设置

6. 设菜单中有一个菜单项为"Save"。若要为该菜单项设计访问键,即按下 Alt 及字母 S 时,
   能够执行"Save"命令,则在菜单编辑器中设置"Save"命令的方式是（　　　）。
   A. 把 Caption 属性设置为 &Save　　　　B. 把 Caption 属性设置为 S&ave
   C. 把 Name 属性设置为 &Save　　　　　D. 把 Name 属性设置为 S&ave

7. 以下叙述中错误的是（　　　）。
   A. 在同一窗体的菜单项中,不允许出现标题相同的菜单项
   B. 在菜单的标题栏中, & 所引导的字母指明了访问该菜单项的访问键
   C. 程序运行过程中,可以重新设置菜单的 Visible 属性
   D. 弹出式菜单也在菜单编辑器中定义

8. 选中一个窗体,下列方法中不能启动菜单编辑器的是（　　　）。
   A. 单击"标准"工具栏中的"菜单编辑器"按钮
   B. 按快捷键 Ctrl＋E
   C. 执行"工具"→"菜单编辑器"菜单命令
   D. 按组合键 Shift＋Alt＋M

9. 设菜单项的 Caption 内容是"NEW",名称为"Create",则单击该菜单项所产生的事件过程

应是(   )。

A. Private Sub MnuNEW_Click()   B. Private Sub Create_Click()

C. Private Sub NEW_Click()   D. Sub Mnu_Create_Click()

10. 设菜单项名称为"MyMenu",为了在运行时使该菜单项失效(变灰),应使用的语句为(   )。

A. MyMenu. Enabled＝False   B. MyMenu. Enabled＝True

C. MyMenu. Visible＝True   D. MyMenu. Visible＝False

11. 用菜单编辑器建立了一个名为"MyMenu"的菜单,则下列选项能够在该菜单项前打上一个"√"的是(   )。

A. MyMenu. Enabled＝True   B. MyMenu. Visible＝True

C. MyMenu. Checked＝True   D. MyMenu. Enabled＝False

12. 以下叙述中错误的是(   )。

A. 下拉式菜单和弹出式菜单都用菜单编辑器建立

B. 在多窗体程序中,每个窗体都可以建立自己的菜单系统

C. 除分隔线外,所有菜单项都能接收 Click 事件

D. 如果把一个菜单项的 Enabled 属性设置为"False",则该菜单项不可见

13. 在使用菜单编辑器设计菜单时,必须输入的项是(   )。

A. 快捷键   B. 标题   C. 索引   D. 名称

14. 在下列关于菜单的说法中,错误的是(   )。

A. 每个菜单项都是一个控件,与其他控件一样也有自己的属性和事件

B. 除了 Click 事件之外,菜单项还能响应其他事件(如 DblClick 等事件)

C. 每个菜单项都可以设置热键

D. 如果菜单项的 Enabled 属性为"False",则该菜单项变成灰色,不能被用户选择

15. 假定有如下事件过程:

```
Private Sub Form_MouseDown(Button As Integer, Shift As Integer, X As Single, Y As Single)
    If Button = 2 Then
        PopupMenu popForm
    End If
End Sub
```

则以下描述中错误的是(   )。

A. 该过程的功能是弹出一个菜单

B. popForm 是在菜单编辑器中定义的弹出式菜单的名称

C. 参数 X、Y 指明鼠标的当前位置

D. Button＝2 表示按下的是鼠标左键

二、填空题

1. VB 中的菜单可分为_____菜单和_____菜单。

2. 若要在菜单中设计分隔线,应将菜单项的标题设置为_____。

3. 想要显示一个弹出式菜单,可使用_____方法。

4. 有些菜单项被单击后将显示一个对话框,通常在这些菜单项后有_____。

5. 菜单中的"热键"可通过在热键字母前插入_____符号实现。

6. 可通过快捷键_____打开菜单编辑器。

7. 欲使某项菜单在运行时不可见,可设置该菜单对象的_____属性为"False"。

8. 一个菜单数组 MenuA 已有 3 个菜单项,在程序运行时要求为其动态添加第 4 个菜单项,应使用语句_____。

三、简答题

1. 启动菜单编辑器的方法有哪些?

2. 如何定义菜单的快捷键?

第 9 章　图形程序设计

一、选择题

1. 默认情况下,VB 中的图形坐标的 y 轴正方向是(　　)。
   A. 向下　　　　　　　　　　　　B. 向上
   C. 向左　　　　　　　　　　　　D. 向右

2. 以下有关 VB 颜色的表示中,错误的是(　　)。
   A. vbRed　　　　　　　　　　　B. QbColor(4)
   C. RGB(255,0,0)　　　　　　　　D. RGB(−255,0,0)

3. 以下有关 VB 的绘图方法中,表示画直线的是(　　)。
   A. Circle　　　　　　　　　　　B. Line
   C. Pset　　　　　　　　　　　　D. Point

4. 默认情况下,VB 中的图形坐标的原点在图形控件的(　　)。
   A. 左下角　　　　　　　　　　　B. 右上角
   C. 左上角　　　　　　　　　　　D. 右下角

5. 在 VB 的图形属性中,(　　)表示绘图的前景色。
   A. BackColor　　　　　　　　　B. ForeColor
   C. FillColor　　　　　　　　　　D. PenColor

6. 以下各项中,VB 不能接收的图形文件是(　　)。
   A. .jpg 文件　　　　　　　　　　B. .bmp 文件
   C. .psd 文件　　　　　　　　　　D. .ico 文件

7. 要将文本框背景色设为蓝色,可设置(　　)的属性为"vbBlue"。
   A. ForeColor　　　　　　　　　B. BackColor
   C. BackStyle　　　　　　　　　　D. BorderStyle

8. 在窗体中利用 Print 方法输出文本信息时,信息的输出位置由(　　)属性设置。
   A. Left　　　　　　　　　　　　B. Top
   C. x,y　　　　　　　　　　　　　D. CurrentX,CurrentY

9. 当窗体被单击时,将会发生的事件是(　　)。
   A. Move　　　　　　　　　　　　B. Resize
   C. Paint　　　　　　　　　　　　D. Click

10. 假定 Picture1 和 Form1 分别为图片框和窗体的名称,以下语句(　　)可清除图片框中的文本信息。
    A. Picture1.Cls　　　　　　　　B. Picture1.Clear
    C. Form1.Cls　　　　　　　　　D. Form1.Clear

11. 下面的属性中,用于自动调整图像框中图形内容的大小的是(　　)。

  A. Picture   B. Stretch

  C. CurrentX   D. CurrentY

12. 在程序运行过程中,可使用 RGB 函数指定颜色参数值,它的格式是(　　　)。

  A. RGB(红色值,黄色值,蓝色值) B. RGB(红色值,绿色值,蓝色值)

  C. RGB(红色值,黄色值,黑色值) D. RGB(红色值,绿色值,黑色值)

13. 若窗体上的图片框中有一个命令按钮,则此按钮的 Left 属性是指(　　　)。

  A. 按扭左端到图片框左端的距离 B. 按扭左端到窗体左端的距离

  C. 按钮中心点到图片框左端的距离 D. 按钮中心点到窗体左端的距离

14. 以下关于 VB 图形坐标的度量单位的说法中,正确的是(　　　)。

  A. 只有一种单位"Twip"   B. 只有一种单位"Cm"

  C. 只有一种单位"Point"   D. 可以有多种单位

15. (　　　)可以在窗体上绘制一个半径为 1000 的圆。

  A. Form1. Circle (1000,1000),1000 B. Line (1000,1000)−(2000,2000)

  C. Point 1000,1000   D. Pset 1000,1000

二、填空题

  在窗体上先后画两个图片框,名称分别为 Picture1 和 icon,icon 中添加了鼠标图标图片,如图 1-4 所示,且将 icon. DragMode 属性设置为"1"。要求程序运行时,可以用鼠标把 icon 拖拽到 Picture1 中,如图 1-5 所示。

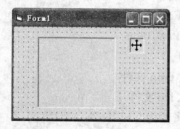   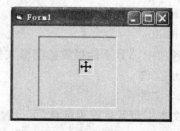

图 1-4　界面设计   图 1-5　运行效果

能实现此功能的事件过程是:

```
Private Sub Picture1_DragDrop(Source As Control, X As Single, Y As Single)
    Source. _____ Picture1. Left+X, Picture1. Top+Y
End Sub
```

三、简答题

1. 用户自定义坐标系的方法有哪些?

2. PictureBox 控件和 Image 控件的区别是什么?

3. 是否可以使用图片框的 AutoSize 属性使图片大小与图片框大小适应?

4. 是否可以使用图像框的 Stretch 属性使图片大小与图像框大小适应?

5.在图片框和图像框中装入图片的常用方法有哪些?

6.写出 3 种画直线的方法,要求采用不同的图形控件和图形方法。

7.写出 3 种画正方形的方法,要求采用不同的图形控件和图形方法。

8.如果对整张图片按像素进行复制,可以使用哪种方法?

四、编程题

1.利用 Circle 方法在窗体中央画许多不同颜色的同心圆。

2.利用 Pset 方法分别用红、蓝两种颜色在窗体上同时画出正弦和余弦曲线。

第 10 章　多媒体编程初步

一、选择题

1. 多媒体 MCI 控件用来从 CD 驱动器中弹开单频 CD 的指令是（　　）。
   A. Eject　　　　　　B. Open　　　　　　C. Pop　　　　　　D. Popup

2. 1 个多媒体控件可以管理（　　）设备。
   A. 1 个　　　　　　B. 2 个　　　　　　C. 3 个　　　　　　D. 很多个

3. （　　）控件不能播放含有声音数据的 AVI 文件。
   A. Animatioin　　　B. MediaPlayer　　C. ActiveMovie　　D. MMControl

4. MMControl 控件的 Command 属性中的 Step 是用来（　　）。
   A. 停止播放　　　　B. 向后单步跳跃　　C. 向前单步跳跃　　D. 将媒体弹出

5. 提供了 ActiveMovie 控件的文件是（　　）。
   A. Dmview. ocx　　B. Amovie. ocx　　C. mmsystem. dll　　D. Msrdc20. ocx

二、填空题

1. 在 VB 中通常要处理的多媒体信息有_____、_____、_____、图像和文本。

2. VB 中常用的多媒体控件有_____、_____、_____、_____。

3. MCI 的全称是_____。

4. 音频主要有_____、_____、_____ 3 种格式。

5. _____ 属性是用来指定 MMControl 控件所要打开或保存的目标文件的。

6. MMControl 控件的 DeviceType 属性被用来_____。

7. Animation 控件用来打开要播放的文件的方法是_____。

三、简答题

1. 什么是多媒体？什么是多媒体技术？

2. MMControl 控件能够播放哪些音频和视频信息？

3. 如何向窗体添加 MMControl 控件？如何用 MMControl 控件进行编程？

4. 什么是 Windows API？其实质上是什么？

第11章 文 件

一、选择题

1. 以( )方式打开的文件只能读不能写。

   A. Append   B. Input   C. Output   D. Random

2. ( )不是 VB 的访问模式。

   A. 顺序访问模式   B. 随机访问模式   C. 二进制访问模式   D. 动态访问模式

3. Name 语句的功能是( )。

   A. 只能给文件改名   B. 命名一个新文件

   C. 给文件改名,也能移动文件   D. 都不是

4. 如果在 D 盘根文件夹下已有名为"Student. txt"的顺序文件,在执行语句

   Open "D:\Student. txt" For Append As #1

   后,将( )。

   A. 删除文件中原有内容

   B. 保留文件中原有内容,可在文件尾部添加新内容

   C. 保留文件中原有内容,可在文件头部添加新内容

   D. 都不是

5. 如果在 D 盘根文件夹下已有名为"Student. txt"的顺序文件,在执行语句

   Open "D:\Student. txt" For Output As #1

   后,将( )。

   A. 删除文件中原有内容

   B. 保留文件中原有内容,可在文件尾部添加新内容

   C. 保留文件中原有内容,可在文件头部添加新内容

   D. 都不是

6. 在 D 盘当前文件夹下建立一个名为"Student. txt"的顺序文件的正确语句是( )。

   A. Open "D:\Student. txt" For Output As #1

   B. Open "D:\Student. txt" For Output

   C. Open "D:\Student. txt" For Input As #1

   D. Open "D:\Student. txt" As #1

7. 函数 GetAttr(D:\Student. txt)的值等于 1,表示该文件是( )。

   A. 常规文件   B. 只读文件   C. 隐藏文件   D. 系统文件

8. 用( )函数可以获取已打开文件的当前读写位置。

   A. Lof   B. Eof   C. Seek   D. FreeFile

9.（　　）语句可以改变当前目录。

　A. ChDrive　　　　　　B. MkDir　　　　　　C. RmDir　　　　　D. ChDir

二、填空题

1. VB 按存取方式将文件分为 3 种类型，分别是_____、_____、_____。
2. VB 的文件管理控件有 3 个，它们是_____、_____、_____。
3. 目录列表框的 Path 属性的作用是_____。
4. 可以用_____函数来获得一个已打开的文件的长度。
5. 用来测试操作是否达到文件末尾的是_____函数。

三、简答题

1. 为什么要打开和关闭文件？
2. 顺序文件有什么特点？适合存储什么类型的数据？
3. 随机文件有什么特点？适合存储什么类型的数据？
4. 二进制文件有什么特点？适合存储什么类型的数据？

四、编程题

1. 编写一个程序，能把顺序文件 B 的内容追加到顺序文件 A 的末尾。
2. 编写一个职工信息管理程序，要求具有添加记录、删除记录及浏览记录的功能。职工信息
　包括工号、姓名、性别、年龄、工资等。

第 12 章　数据库应用基础

一、选择题

1. 描述事物的符号记录称为(　　)。
   A. 信息   B. 数据
   C. 记录   D. 记录集合

2. 在 SQL 的 Update 语句中,要修改某列的值,必须使用关键字(　　)。
   A. Select   B. Where
   C. Distinct   D. Set

3. 当 Data 控件的记录指针处于 RecordSet 对象的第 1 个记录之前,下列值为"True"的属性
   是(　　)。
   A. Eof   B. Bof
   C. EofAction   D. ReadOnly

4. (　　)由数据结构、关系操作集合和完整性约束 3 部分组成。
   A. 关系模型   B. 关系
   C. 关系模式   D. 关系数据库

5. 在关系数据模型中,利用关系运算对两个基本点关系进行操作,得到的结果是(　　)。
   A. 属性   B. 关系
   C. 元组   D. 关系模式

6. 执行 Data 控件的(　　)方法,可以将添加的记录或对当前记录的修改保存到数据库中。
   A. Refresh   B. UpdateRecord
   C. UpdateControls   D. Updatable

7. 执行 Data 控件的数据集的(　　)方法,可以将添加的记录或对当前记录的修改保存到数
   据库中。
   A. UpdateRecord   B. Update
   C. UpdateControls   D. Updatable

8. 在 DAO 数据访问模式中,RecordSet 对象的(　　)属性是用来识别 RecordSet 对象的某
   一行的标记。
   A. BookMark   B. Updatable
   C. Eof   D. BookMarkabled

9. 利用 ADO Data 控件建立连接字符串有 3 种方式,这 3 种方式不包括(　　)。
   A. 使用 Data Link 文件   B. 使用 ODBC 数据源名称
   C. 使用连接字符串   D. 使用 Command 对象

10. 下列(　　)组关键字是 Select 语句中不可缺少的。

A. Select、From   B. Select、Where
C. From、Order By   D. Select、All

二、填空题

1. 数据库的模型除了层次型,还有_____和_____两种。

2. 数据库系统的核心是_____。

3. 要使控件能通过数据控件链接到数据库上,必须设置绑定控件的_____属性;要使绑定控件能与有效的字段建立联系,则需设置绑定控件的_____属性。

4. SQL 中可以用_____语句来实现数据的定义。

5. 在一个 Database 对象中可能会有多个_____,而每个都代表数据库中的一个表。

6. Data 控件的 DatabaseName 属性用于设置_____,决定 Data 控件连接到哪一个数据库。对于多表的数据库,该属性为具体的_____;对于单表的数据库,它是具体的数据库文件所在的目录,而数据库名则放在_____属性中。

7. 在表类型的记录集中,可以使用_____方法来定位记录。但在使用该方法前,首先要使用_____定义当前的索引。

8. 在 DAO 访问模式中,Field 对象的 Type 属性取值为"dbtext"表示该字段为_____类型。

9. 使用 ADO 的 RecordSet 对象时,要放弃对记录集的修改,需调用记录集的_____方法。

10. ADO 的 RecordSet 对象的属性 RecordCount 的作用是_____。

三、简答题

1. 设有两个关系:

关系 R				关系 S		
A	B	C		A	B	C
2	4	6		8	3	4
3	6	9		4	6	8
4	8	2		6	3	2
8	3	3		5	4	7

写出执行下列语句以后的结果。

    Select R. A,R. B, S. C
    From R,S
    Where R. B = S. B

    Order By R. B DESC

2.设有关系 R：

关系 R

商品名	单价	数量	金额
A	5	6	30
A	5	4	20
B	6	3	18
C	4	3	12
B	6	5	30
C	4	2	8
A	5	10	50
D	10	5	50

写出执行下列语句以后的结果。

```
Select 商品名,AVG(单价)As 平均单价,SUM(金额)As 总金额
    From R
    Group By 商品名
    Order By 商品名 DESC
```

四、算法分析题

1.下列程序片段使用 DAO 操作数据库,其中：

①Command1_Click 的功能是给数据库"D：\ Biblio. mdb"中的表"Authors"增加一个以"Address"字段为索引字段、名为"Address_Index"的索引。

②Command2_Click 的功能是删除上题建立的"Address_Index"索引。

程序代码如下：

```
Private Sub Command1_Click()
    Dim db As Database, TD As TableDef, newIdx As Index, NewFld As Field
    Set db = DBEngine. Workspaces(0).  (1)  ("D:\Biblio. mdb")
    Set TD = db. TableDefs("Authors")
    Set newIdx = TD.  (2)  ("Address_Index")
    NewIdx. Unique = False
    Set NewFld = newIdx.  (3)  ("Address")
    NewIdx. Fields. Append  (4)
    TD. Indexes. Append newIdx
    Db.  (5)
End Sub
```

```
Private Sub Command2_Click()
    Dim db As Database，TD As TableDef
    Set db = OpenDatabase("D：\biblio. mdb")
    Set TD = db.  (6)  ("Authors")
    TD. Indexes.  (7)  "Address_Index"
    Db. Close
End Sub
```

2. 下列程序使用 ADO 操作数据库，即对"教学"数据库中"教师表"的工资信息进行修改，从而实现加工资的功能。加工资的方法是：讲师的工资增加 20％，其他人的工资增加 10％。要求对工资的修改作为一个事务，最后通过对话框确认事务提交或撤销。

程序代码如下：

```
Dim conn As New   (1)
Private Sub Command1_Click()
    Conn.  (2)
    Conn. Execute "Update 教师表 set 工资＝工资 * (1 + 0.2) _
        Where 职称＝'" & "讲师" & "'"
    Conn. Execute "Update 教师表 set 工资＝工资 * (1 + 0.1) _
        Where 职称<>'" & "讲师" & "'"
    If MsgBox("保存所作的工资调整吗?"，vbQuestion + vbYesNo) = vbYes Then
        Conn.  (3)  '提交事务
    Else
        conn.  (4)  '撤消事务
    End If
End Sub
```

```
Private Sub Form_Load()
    Dim connstring As String
    Connstring = "DRIVER＝Microsoft Access Driver ( * . mdb);DBQ=" & App. Path & "\教学. mdb"
    Conn. Open  (5)
End Sub
```

五、SQL 编程题

1. 在 emp 表中查找姓名(name)第 2 个字母为 K 的所有雇员的姓名(name)、工资(sal)、职位(job)。

2. "学生表"由班号、学号、姓名、成绩等字段组成,试按班级统计"学生表"中各班及格人数和及格的平均成绩,并要求以班号降序排列。

3. "学生成绩表"由课程名(一个学生有多门课程)、成绩等字段组成,现要求从表中选取总分大于 400 分的记录,并以学号和总分显示。

六、设计题

　　某医院病房计算机管理中需要如下信息：

　　科室：科名，科地址，科电话，医生姓名

　　病房：病房号，床位号，所属科室名

　　医生：姓名，职称，所属科室名，年龄，工作证号

　　病人：病历号，姓名，性别，诊断，主管医生，病房号

　　其中，一个科室有多个病房、多个医生，一个病房只能属于一个科室，一个医生只属于一个科室，但可负责多个病人的诊治，一个病人的主管医生只有一个。

参考答案

第1章　VB程序设计概述

一、选择题

题号	1	2	3	4	5	6
答案	C	C	D	C	B	C
题号	7	8	9	10	11	12
答案	D	D	A	C	C	A

二、填空题

1. 中断

2. Windows

3. 事件

4. 控件

5. 程序 数据

6. 在线帮助 上下文相关帮助

7. 面向对象的程序

8. 与工程有关的所有文件和对象的清单

9. 建立一个应用程序

10. 调整程序运行时窗体显示的位置

三、简答题

1. VB 6.0包括3种版本,分别为学习版、专业版和企业版,这些版本是在相同的基础上建立起来的,因此大多数应用程序可在3种版本中通用。3种版本适合于不同的用户层次。

(1)学习版

学习版是 VB 的基础版本,可用来开发 Windows 应用程序,该版本包括所有的内部控件(标准控件)、网格(Grid)控件、Tab 对象以及数据绑定(Data Bound)控件。

(2)专业版

专业版为专业编程人员提供了一整套用于软件开发的功能完备的工具,它包括学习版的全部功能,同时包括 ActiveX 控件、Internet 控件、Crystal ReportWriter 和报表控件。

(3)企业版

企业版可供专业编程人员开发功能强大的组内分布式应用程序,该版本包括专业版的全部功能,同时具有自动化管理器、部件管理器、数据库管理工具、MicrosoftVisual SourceSafe 面向工程版的控制系统等。

3 种版本中,企业版功能最全,专业版包括了学习版的功能。

2.启动 VB 6.0 的方法主要有以下 4 种:

①使用"开始"菜单中的"程序"命令。

②在"我的电脑"中双击"vb6.exe"图标。

③使用"开始"菜单中的"运行"命令。

④建立启动 VB 6.0 的快捷方式。

3.这两个问题可以通过执行"工具"→"选项"菜单命令来解决。执行该命令后,将打开"选项"对话框,在该对话框的"环境"选项卡中选中"创建缺省工程"单选按钮,如图 1-6 所示。然后单击"确定"按钮,即可在启动 VB 时不显示"新建工程"对话框。

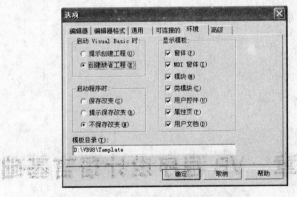

图 1-6　设置"创建缺省工程"

为了在启动 VB 后直接进入单文档界面(SDI)方式并建立"标准 EXE"文件,必须进行两项设置。第 1 项就是上面所讲的在"环境"选项卡中单击"创建缺省工程"单选按钮;第 2 项是在"高级"选项卡中选择"SDI 开发环境"复选框,如图 1-7 所示。

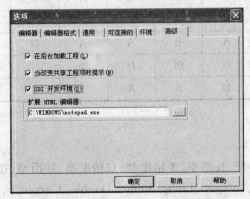

图 1-7　设置"SDI 开发环境"

第 2 章　VB 的对象与编程特点

一、选择题

题号	1	2	3	4	5
答案	B	A	D	C	B

二、填空题

1. a □□□ b
2. Height
3. Visible
4. Label1. Caption = "北京 2008"
5. A1_Click

三、简答题

1. 略　2. 略　3. 略　4. 略

第 3 章　VB 程序设计语言基础

一、选择题

题号	1	2	3	4	5	6	7	8	9	10
答案	B	B	D	C	A	D	C	A	C	A
题号	11	12	13	14	15	16	17	18	19	20
答案	B	C	A	B	A	A	D	D	B	B
题号	21	22	23	24	25	26	27	28	29	30
答案	A	B	D	B	A	A	B	D	B	D

二、填空题

1. 11，字符型、字节型、整型、长整型、单精度型、双精度型、货币型、逻辑型、日期型、对象型、变体型，String、Byte、Integer、Long、Single、Double、Currency、Boolean、Date、Object、Variant

2. 双引号，#

3. 声明

4. Unicode，1，2

5. Mod

6. 1234 ，1234 ，1234 ，46

7. A Mod 5 ＝0 And A Mod 2 ＝0

8. 50 ，100 ，两个变量值互换

9. 12345.68

10. True

11. (1)，(2)，(6)，(9)，(10)，(11)

三、简答题

1. 略 2. 略 3. 略

4. 0.01 * Int(100 * (x＋0.005))

第4章 VB 程序设计

一、选择题

题号	1	2	3	4	5	6	7	8	9	10
答案	A	A	B	D	B	A	A	B	B	B
题号	11	12	13	14	15	16	17	18	19	
答案	C	A	B	B	A	B	A	D	C	

二、填空题

1. 2

2. 1.789、01.789、−1.789

3. 3 3 3

4. N＝10 S＝2046

5. (1) 1 To 7 (2) Next j

三、编程题

1. 答案：299

参考程序：

```
Private Sub Command1_Click()
```

```
    For i = 1 To 3000
        If i Mod 17 = 0 Or i Mod 23 = 0 Then n = n + 1
    Next i
    Print n
End Sub
```

2. 答案:1592376

参考程序:

```
    Private Sub Command1_Click()
        For i = 1000 To 9999 Step 2
            a = Int(i / 1000)
            b = Int((i − a * 1000) / 100)
            c = Int((i − a * 1000 − b * 100) / 10)
            d = i Mod 10
            If (a + b + c + d) Mod 15 = 0 Then s = s + i
        Next i
        Print s
    End Sub
```

3. 答案:13

参考程序:

```
    Private Sub Command1_Click()
        For i = 0 To 20
            For j = 0 To 50
                k = 50 − i − j
                If i * 5 + j * 2 + k = 100 Then
                    n = n + 1
                End If
            Next j
        Next i
        Print n
    End Sub
```

4. 答案:1022

参考程序:

```
    Private Sub Command1_Click()
        i = 1
        s = 0
        Do While s <= 1500
            i = 2 * i
            s = s + i
        Loop
```

```
        Print s - i
    End Sub
```

5. 答案：15

参考程序：

```
    Private Sub Command1_Click()
        For a = 1 To 7
            For c = 1 To 7
                s = 0
                cj = 1
                For i = 1 To 4
                    f = a + (i - 1) * c
                    s = s + f
                    cj = cj * f
                    If s = 26 And cj = 880 Then
                        fa = a
                        fc = c
                    End If
                Next i
            Next c
        Next a
        s = 0
        For i = 1 To 3
            f = fa + (i - 1) * fc
            s = s + f
        Next i
        Print s
    End Sub
```

第5章　数　组

一、选择题

题号	1	2	3	4	5	6
答案	D	B	B	C	A	D

二、填空题

1. 1
2. 60

3.一

4.长整型

5.12

三、简答题

1.略　2.略

四、编程题

1.参考程序：

```
Dim A(20) As Integer
Dim avg As Single
Dim i, num As Integer

Private Sub Form_Click()
    Randomize
    For i = 1 To 20
        A(i) = Int(100 * Rnd + 1)
        Print A(i);
        avg = avg + A(i)
    Next i
    avg = avg / 20
    For i = 1 To 20
        If A(i) > avg Then num = num + 1
    Next i
    Print
    Print "平均值为："; avg;
    Print
    Print "高于平均值的有："; num; "个";
End Sub
```

2.利用数组 A(1)～A(9)分别记录上述 9 个区间范围内数的个数。把产生的数逐个送入 X 变量中，由 Y＝Int(X/10)计算得到的 Y 值作为数组元素的下标，如 X＝23，Y＝Int(23/10)＝2，数组元素 A(2)的值加 1；如 X＝77，Y＝Int(77/10)＝7，数组元素 A(7)的数值增加 1。最后输出数组 A 的数值，就是所要求的统计结果。

参考程序：

```
Private Sub Form_Click()
    Dim A(9)
    For i = 1 To 9
        A(i) = 0
    Next i
```

```
    Randomize
    For i = 1 To 100
        X = Int(90 * Rnd + 10)
        Print X;
        If i Mod 10 = 0 Then Print
        Y = Int(X / 10)
        A(Y) = A(Y) + 1
    Next i
    Print
    For i = 1 To 9
        Print i * 10; "~"; i * 10 + 9; "范围内的数:"; A(i)
    Next i
End Sub
```

3.参考程序:

```
    Dim a(4, 5)
    Dim b(5, 4)
    Dim i, j As Integer

    Private Sub Command1_Click()
        Randomize
        For i = 0 To 4
            For j = 0 To 5
                a(i, j) = Int(Rnd * 90 + 10)
                Print a(i, j);
            Next j
            Print
        Next i
    End Sub

    Private Sub Command2_Click()
        Print
        Print
        For i = 0 To 5
            For j = 0 To 4
                b(i, j) = a(j, i)
                Print b(i, j);
            Next j
            Print
        Next i
    End Sub
```

4.略

第6章　过　程

一、选择题

题号	1	2	3	4	5	6	7	8	9	10
答案	A	C	A	B	C	A	C	D	C	B
题号	11	12	13	14	15	16	17	18	19	20
答案	A	A	D	B	B	D	B	C	C	A

二、填空题

1. UBound LBound
2. 形式参数 过程内部 变长 实际参数
3. 事件过程 通用过程
4. 传址 传址
5. 过程 全局（工程）过程 模块 全局
6. 静态变量
7. 递归
8. Form1. b
9. a(i, j) ＞ Max

三、简答题

略

第7章　常用内部控件

一、选择题

题号	1	2	3	4	5	6	7	8	9	10
答案	CB	B	D	AB	C	C	B	B	D	D
题号	11	12	13	14	15	16	17	18	19	20
答案	A	A	A	A	D	B	D	D	B	C

续表

题号	21	22	23	24	25	26	27	28	29	30
答案	B	B	C	B	D	C	C	D	C	B
题号	31	32	33	34	35	36	37	38	39	40
答案	D	B	D	C	D	B	A	D	D	A
题号	41	42	43	44	45	46	47	48	49	50
答案	A	B	B	C	C	A	C	B	C	A
题号	51	52	53	54	55	56	57	58	59	60
答案	B	D	D	B	B	A	D	A	A	A

二、填空题

1. 1000

2. Enabled

3. DblClick

4. FontItalic

5. Min

6. Text

7. MultiSelect

8. Frame

9. Alignment

10. Picture1. Cls

三、简答题

南京　北京

第8章　菜单设计

一、选择题

题号	1	2	3	4	5	6	7	8	9	10
答案	A	C	B	D	C	A	A	D	B	A
题号	11	12	13	14	15					
答案	C	D	D	B	D					

二、填空题

1. 下拉式　弹出式
2. —（或减号）
3. PopupMenu
4. 省略号（或…）
5. &
6. Ctrl＋E
7. Visible（或可见）
8. Load MenuA(4)

三、简答题

略

第9章　图形程序设计

一、选择题

题号	1	2	3	4	5	6	7	8
答案	A	D	B	C	B	C	B	D
题号	9	10	11	12	13	14	15	
答案	D	A	B	B	A	D	A	

二、填空题

Move

三、简答题

1. ①使用 scale 方法：用户输入对象的左上角坐标 $(x1,y1)$ 和右下角坐标 $(x2,y2)$，VB 计算出对象的 ScaleLeft、ScaleTop、ScaleWidth、ScaleHeight 属性。

②用户输入对象的 ScaleLeft、ScaleTop、ScaleWidth、ScaleHeight 属性的值，VB 计算出对象的左上角坐标和右下角坐标。

2. 二者的区别在于：

Image 控件只能显示图片，不能作为其他控件的容器。该控件使用系统资源少，而且重新绘图的速度较快。可以将 Stretch 属性的值设置为"True"，来延伸图片的大小以适应控件的大小。但是 Image 控件支持的属性、事件和方法较 PictureBox 控件少一些。

而 PictureBox 控件不仅可用来显示图片，还可以作为其他控件的容器，同时支持图形方法或 Print 方法。PictureBox 控件不能延伸图片以适应控件的大小,但是可以自动调整控件的大小以显示完整的图片。

3. 不可以。

4. 可以。

5. ①在设计时通过属性窗口设置 Picture 属性来装载图片。

②在设计时通过剪贴板,复制/粘贴后装入图片。

③在运行时通过 LoadPicture() 函数装载。

6. ①使用一个 Line 控件。

②使用 Line 方法。

③使用 Pset 方法。把 Pset 语句放入循环中画足够多的点,形成一条直线。

7. ①使用一个 Shape 控件。将 Shape 属性设置为"1"。

②使用 4 个 Line 控件。可以使用复制/粘贴方法。

③使用带有关键字 B 的 Line 方法。

8. 可以使用 PaintPicture 方法。

四、编程题

1. 参考程序:

```
Private Sub Form_Click()
    Randomize
    Dim color As Integer
    DrawWidth = 2
    Scale (-100, 100)-(100, -100)
    For i = 1 To 50 Step 4
        color = 15 * Rnd
        Circle (0, 0), i, QBColor(color)
    Next i
End Sub
```

2. 参考程序:

```
Private Sub Form_Click()
    Dim x As Single, y As Single
    Form1. Scale (-300, 200)-(300, -200)      '自定义坐标系
    Line (-280, 0)-(280, 0)                   '绘制 X 坐标
    Line (0, 180)-(0, -180)                   '绘制 Y 坐标
    For x = -280 To 280 Step 0.1
        y = 100 * Sin(2 * x * 3.14159 / 180)
        PSet (x, y), vbRed                    '绘制正弦曲线
        y = 100 * Cos(2 * x * 3.14159 / 180)
        PSet (x, y), vbBlue                   '绘制余弦曲线
    Next x
End Sub
```

第 10 章　多媒体编程初步

一、选择题

题号	1	2	3	4	5
答案	A	D	C	C	B

二、填空题

1. 图形、声音、动画和视频
2. Animation 控件、MMControl 控件、ActiveMovie 控件、MediaPlayer 控件
3. Media Control Interface 媒体控制接口
4. WAV、MID、MP3
5. Filename
6. 指定要打开的 MCI 设备的类型
7. Open 方法

三、简答题

1. 我们把将不同形式的各种媒体信息数字化，并结合计算机技术对它们进行组织、加工来提供给用户使用的新媒体称为"多媒体"。多媒体技术就是把声、图、文、视频等媒体通过计算机集成在一起的技术。也就是说，多媒体技术是通过计算机把文本、图形、图像、声音、动画和视频等多种媒体综合起来，使之建立起一种逻辑连接，并集成为一个具有交互性的系统的技术。

2. 多媒体 MCI 控件通常也叫 MMControl 控件，它是 VB 提供的用来管理多媒体控件接口设备上的多媒体文件的录制和回放等的专用控件。MMControl 控件能播放的文件主要有 WAV 文件、MIDI 文件、MOV 文件、AVI 文件、MPEG 文件等。

3. 用 MMControl 控件编程的方法主要有以下几步：
   ①用 MMControl 控件的 DeivceType 属性设定多媒体设备类别。
   ②如果涉及媒体文件，需用 MMControl 控件的 Filename 属性指定文件。
   ③用 MMControl 控件的 Command 属性的 Open 值打开媒体设备。
   ④用 MMControl 控件的 Command 属性的其他值控制媒体设备。
   ⑤对特殊键进行编程。
   ⑥在设备使用完毕后用 Command 属性的 Close 关闭媒体设备。

4. Windows API(Application Programming Interface)是 Windows 应用程序编程接口的简称，是一个由操作系统所支持的函数声明、参数定义和信息格式的集合，其中包含了许多

的函数、例程、类型和常数定义。它们可在创建在 Microsoft Windows 下运行的应用程序中使用，而其中使用最多的部分是从 Windows 中调用 API 函数的代码元素，即通常所说的 Windows API 函数。

　　Windows API 函数的实质是一组由 C 语言编写而成的函数，但可以被任何位于适当平台上的语言所调用。每个 Windows 的成分都是一个动态链接库（DLL，Dynamic Link Library），这些动态链接库构成了 Win32 API 函数。Windows 中的主要 DLL 包括以下几方面：

①Windows 内核库（Knernel32.dll）。

②Windows 用户界面管理库（User32.dll）。

③Windows 图形设备界面（Gdi32.dll）。

④多媒体函数（Winmm.dll）。

第 11 章　文　件

一、选择题

题号	1	2	3	4	5	6	7	8	9
答案	B	D	C	B	A	A	B	C	D

二、填空题

1. 顺序文件、随机文件、二进制文件
2. 驱动器列表框、目录列表框、文件列表框
3. 返回或设置当前文件夹的路径
4. Lof
5. Eof

三、简答题

1. 略　2. 略　3. 略　4. 略

四、编程题

1. 参考程序：

```
Dim c As String
Open "B" For Input As #1
Open "A" For Append As #2
Do While Not EOF(1)
    Input #1, c
```

```
    Write #2, c
Loop
Close #1
Close #2
```

2. 略

第 12 章   数据库应用基础

一、选择题

题号	1	2	3	4	5	6	7	8	9	10
答案	B	D	B	A	B	B	B	D	D	A

二、填空题

1. 网状型 关系型
2. 数据库管理系统
3. DataSource DataField
4. Create
5. TableDef 对象
6. Data 控件的数据源 数据库文件名 RecordSource
7. Seek Index 属性
8. 文本型
9. Cancelupdate
10. 返回 RecordSet 对象中记录数目

三、简答题

1.

R. A	R. B	S. C
3	6	8
2	4	7
8	3	2
8	3	4

2.

商品名	平均单价	总金额
D	10	50
C	4	20
B	6	48
A	5	100

四、算法分析题

1.（1）OpenDatabase　（2）CreateIndex　（3）CreateField　（4）NewFld　（5）Close
（6）TableDefs　（7）Delete

2.（1）ADODB. Connection　（2）BeginTrans　（3）CommitTrans　（4）RollbackTrans
（5）connstring

五、SQL 编程题

1. 参考程序：

```
Select name，sal，job
From emp
Where name Like '? K * '
```

2. 参考程序：

```
Select 班号，Count(姓名) As 学生人数，AVG(成绩)
From 学生表
Group By 班号 Having 成绩>60
Order By 班号 DESC
```

3. 参考程序：

```
Select 学号，SUM(成绩) As 总分
From 学生成绩表
Group By 学号 Having
SUM(成绩)>400；
```

六、设计题

略

第2部分 上机实验指导

实验1 VB环境和简单程序设计

一、实验目的

1. 掌握VB启动和退出的方法。
2. 熟悉VB的集成开发环境。
3. 掌握VB程序设计的基本步骤。
4. 掌握基本控件(标签、命令按钮和文本框)的使用方法。

二、实验内容

1. 启动VB,然后创建一个"标准EXE"工程。了解VB集成开发环境下各组成部分及其作用。

2. 编写一个简单的应用程序。要求窗体的标题为"简单VB实验",窗体中有一个标题为"显示"的命令按钮,单击该命令按钮后在窗体上显示蓝色的"衡阳师范学院"。

【提示】

在窗体上显示"衡阳师范学院"有两种方法:

(1)用Print方法

颜色应该设置窗体的前景色。

(2)用一个标签控件

颜色应该设置标签控件的前景色。

思考:为什么以上两种方法中在颜色的设置问题上有所不同?

3. 编写一个应用程序,界面如图2-1所示。窗体中文字"VB应用程序!"为一标签控件,单击标题为"放大"的命令按钮后,则"VB应用程序!"的字号放大一号;单击"缩小"命令按钮则反之。同时,窗体中还有4个含某种指向图案的按钮,若单击某个按钮,则使"VB应用程序!"向该按钮所指向的方向移动50Twip。

【提示】

4种指向的图案可以在VB安装目录中的"…graphics\icon\Arrows"子目录中找到,名称分别为arw07dn.ico、arw07lt.ico、arw07rt.ico和arw07up.ico。

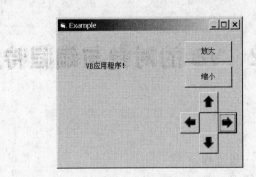

图 2-1　程序运行界面

三、实验步骤

1. 实验项目 1 的实现步骤

①在集成开发环境中分别寻找窗体设计窗口、属性窗口、工程资源管理器窗口、窗体布局窗口、工具箱,熟悉它们的默认位置。

②在"视图"或"工程资源管理器"中切换显示代码窗口和窗体设计窗口。

③执行"视图"→"立即窗口"菜单命令,观察显示出来的立即窗口。

④尝试分别将各部分关闭,然后再用"视图"菜单中对应的菜单命令将其显示。

2. 实验项目 2 和实验项目 3 的实现步骤

①设计应用程序的界面。

②设置对象的属性。

③编写事件代码。

④程序的运行及保存。

实验 2 VB 的对象与编程特点

一、实验目的

1. 掌握 VB 程序设计的一般过程。
2. 掌握 VB 程序设计的特点。

二、实验内容

利用标签、命令按钮、文本框实现登录窗体,界面如图 2-2 所示。在文本框内输入正确的用户名和密码后,弹出一个窗体,提示你输入的用户名和密码都正确;否则,弹出输入错误的提示窗体。

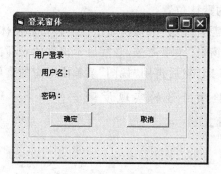

图 2-2　登录窗体

三、实验步骤

实验项目的实现步骤

(1)界面设计

在窗体上添加 1 个框架:Frame1,然后在框架中添加 2 个标签:Label1、Label2,添加 2 个文本框:Text1、Text2,添加 2 个命令按钮:Command1、Command2。将所有控件移动到合理的位置。

(2)属性设置

窗体和各控件的主要属性如表 2-1 所示。

表 2-1　窗体和控件的属性设置

对象	属性	属性值
Form1	Caption	登录窗体
	BorderStyle	3
Frame1	Caption	用户登录
Label1	Caption	用户名：
Label2	Caption	密码：
Command1	Caption	确定
Command2	Caption	取消
Text1	Text	（清空）
Text2	PasswordChar	*
	Text	（清空）

（3）编写事件代码

①双击"确定"按钮，进入代码窗口，此时命令按钮的缺省事件 Click 过程已经被确定，相应的事件模板显示如下：

```
Private Sub Command1_Click()

End Sub
```

然后按程序设计要求编写如下的过程代码：

```
Private Sub Command1_Click()
    If Text1. Text = " " Then
        MsgBox "用户名不能为空", vbExclamation, "输入用户名"
        Text1. SetFocus
    End If
    If Text2. Text = " " Then
        MsgBox "密码不能为空", vbExclamation, "输入密码"
        Text2. SetFocus
    End If
    If Text1. Text = "zoufei" And Text2. Text = "zoufei" Then
        MsgBox "输入正确！"
    Else
        MsgBox "您输入的用户名或密码错误，请重新输入", vbExclamation, "重新输入"
        Text1. SetFocus
    End If
End Sub
```

②双击"取消"按钮，进入代码窗口，此时命令按钮的缺省事件 Click 过程已经被确定，相应的事件模板显示如下：

```
Private Sub Command2_Click()

End Sub
```

然后按程序设计要求编写如下的过程代码：

```
Private Sub Command2_Click()
    End
End Sub
```

（4）调试与运行

①调试：执行"运行"→"启动"菜单命令，进入运行状态，输入用户名和密码，单击"确定"按钮观察输出结果，如果出现错误或者效果不理想，则需要单击"结束"按钮反复调试，直到得到正确结果。

②运行：调试后，按功能键 F5 运行程序。当输入正确用户名"zoufei"和正确密码"zoufei"时，弹出如图 2-3 所示的消息框；如果输入错误，弹出如图 2-4 所示的错误消息框。

图 2-3　输入正确的消息框

图 2-4　输入错误的消息框

实验3 数据类型、运算符和表达式

一、实验目的

1. 了解 VB 数据类型的基本概念。
2. 掌握变量、常量的定义规则。
3. 掌握各种运算符的功能和表达式的组成及求值。
4. 掌握 VB 部分常用标准函数的功能和用法。

二、实验内容

1. 闰年的判断条件是：年号（Y）能被 4 整除，但不能被 100 整除；或者年号能被 400 整除。编写一个判断年号是否是闰年的程序。

2. 手工计算下列表达式和函数的值，然后在立即窗口中验证这些表达式的结果。

(1) 65\3 Mod 2.6 * Fix(3.7)　　　　　　　(2) 279.37 + "0.63" = 280

(3) (Not True Or True) And Not True　　　(4) True Or Not(8 + 3 >= 11)

(5) #11/22/99# - 10　　　　　　　　　　(6) "ZYX" & 123 & "ABC"

(7) Int(Abs(99 - 100)/2)　　　　　　　　(8) Val("16 Year")

(9) Str(-459.65)　　　　　　　　　　　 (10) Sgn(7 * 3 + 2)

3. VB 表达式的使用。写出表示条件"变量 x 为能被 5 整除的偶数"的布尔表达式。

三、实验步骤

1. 实验项目 1 的实现步骤

（1）界面设计

启动 VB 6.0，进入设计模式（即出现 Form1 窗口）。根据题目的要求，界面设计如图2-5所示。

窗体中共有 2 个标签：Label1、Label2，2 个文本框：Text1、Text2，2 个命令按钮：Command1、Command2。它们建立的过程是：

①在工具箱上双击标签控件（Label），在 Form1 窗口中央出现 Ladel1 标签控件；然后在 Form1 窗口中拖动 Label1 标签控件，至适当位置松开鼠标。仿照上述过程产生 Label2 标签控件并放置到适当的位置。

②仿照上述步骤，分别产生 Text1 和 Text2 文本框控件并放置到适当的位置。

③仿照上述步骤，分别产生 Command1 和 Command2 命令按钮控件并放置到适当的位置。

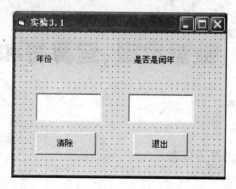

图 2-5　界面设计

（2）属性设置

本题中各对象的相关属性设置如表 2-2 所示。

表 2-2　属性设置表

默认对象名	设置对象名	标题（Caption）	文本（Text）
Form1	frmTemp	实验 3.1	（无定义）
Label1	lbY	年份	（无定义）
Label2	lbB	是否是闰年	（无定义）
Text1	txtY	（无定义）	（清空）
Text2	txtB	（无定义）	（清空）
Command1	cmdClear	清除	（无定义）
Command2	cmdExit	退出	（无定义）

（3）代码设计

需要对文本框 txtB 的 KeyPress 事件和两个命令按钮的 Click 事件编写代码。

双击窗体中的 txtB 文本框控件，进入代码窗口，在"事件"下拉列表框中选择"Key-Press"选项，然后输入如下程序代码：

```
Private Sub txtB_KeyPress(KeyAscii As Integer)
    x = Val(txtY. Text)
    If ((x Mod 4 = 0 And x Mod 100 <> 0) Or (x Mod 400 = 0)) Then
        txtB. Text = True
    Else
        txtB. Text = False
    End If
End Sub
```

（4）调试运行

按功能键 F5 运行程序，输出结果如图 2-6 所示。

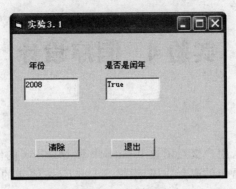

图 2-6　运行结果

2.实验项目 2 的实现步骤

略

3.实验项目 3 的实现步骤

略

实验 4　程序设计

一、实验目的

1. 掌握 VB 赋值语句、用户交互函数 InputBox 和 MsgBox 的使用。
2. 掌握 If 语句及 If 语句的嵌套应用，掌握 Select Case 语句的使用。
3. 掌握 For…Next 语句及 Do…Loop 循环语句的简单使用，掌握各种结构的嵌套使用。

二、实验内容

1. 编辑一个求三角形面积的小应用程序。要求首先使用输入对话框输入三角形的 3 条边的边长，当输入值满足任意两边之和大于第 3 边时，计算并输出三角形的面积；如果条件不满足，则弹出错误提示框。假设 3 条边边长分别为 a、b、c，三角形面积 s 的计算公式为：

$$L=(a+b+c)/2$$
$$S=\sqrt{L\times(L-a)\times(L-b)\times(L-c)}$$

2. 输入 3 个数，输出其中的最大数。
3. 编写程序，将学生的百分制成绩转换成等级制。90 分以上为"优"，80～89 分为"良"，79～60 分为"及格"，60 分以下为"不及格"。
4. 编写程序，输出杨辉三角形。

三、实验步骤

1. 实验项目 1 的实现步骤

（1）界面设计

如图 2-7 所示，在窗体中添加 3 个标签控件：Label1、Label2、Label3，3 个文本框控件：Text1、Text2、Text3 和 3 个命令按钮控件：Command1、Command2、Command3。

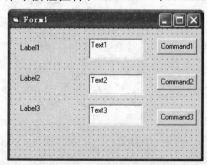

图 2-7　界面设计图

（2）属性设置

各对象的相关属性设置如表 2-3 所示。

表 2-3 实验项目 1 的属性设置

对象类型	默认对象名	属性	属性值
Label	Label1	Name	Lbla
		Caption	第 1 条边：
	Label2	Name	Lblb
		Caption	第 2 条边：
	Label3	Name	Lblc
		Caption	第 3 条边：
CommandButton	Command1	Name	cmdComputer
		Caption	计算三角形面积
	Command2	Name	cmdClear
		Caption	清除
	Command3	Name	cmdExit
		Caption	退出
TextBox	Text1	Name	txta
		Caption	（无定义）
	Text2	Name	txtb
		Caption	（无定义）
	Text3	Name	txtc
		Caption	（无定义）
Form	Form1	Caption	计算三角形面积

（3）代码编写

窗体加载时 Load 事件代码如下：

```
Private Sub Form_Load()
    txta. Text = InputBox("请输入 a 的数值,然后按确定","数据输入框", Default)
    txtb. Text = InputBox("请输入 b 的数值,然后按确定","数据输入框", Default)
    txtc. Text = InputBox("请输入 c 的数值,然后按确定","数据输入框", Default)
End Sub
```

"计算三角形面积"按钮的 Click 事件代码如下：

```
Private Sub cmdComputer_Click()
    Dim a As Double, b As Double, c As Double
    Dim L As Double, S As Double
    a = Val(txta. Text)
```

```
        b = Val(txtb. Text)
        c = Val(txtc. Text)
    If a + b <= c Or a + c <= b Or c + b <= a Then
        MsgBox "对不起,输入不符合组成三角形的条件!"
        End
    Else
        L = (a + b + c) / 2
        S = Sqr(L * (L − a) * (L − b) * (L − c))      ' Sqr 为平方根的函数
        MsgBox "三角形的面积是:" + Str(S)
    End If
End Sub
```

"清除"按钮的 Click 事件代码如下:

```
Private Sub cmdClear_Click()
    txta. Text = ""
    txtb. Text = ""
    txtc. Text = ""
End Sub
```

"退出"按钮的 Click 事件代码如下:

```
Private Sub cmdExit_Click()
    End
End Sub
```

(4)调试运行

按功能键 F5 运行该程序,依次会弹出如图 2-8～2-10 所示的 3 个输入框。分别输入 a、b、c 的值后,弹出"计算三角形面积"应用程序窗体,如图 2-11 所示。

图 2-8　输入边长 a 的值

图 2-9　输入边长 b 的值

图 2-10　输入边长 c 的值

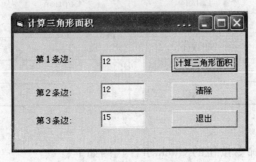

图 2-11　"计算三角形面积"窗体

　　单击"计算三角形面积"按钮之后,程序返回结果如图 2-12 所示。如果输入的 3 条边长值不能满足构成三角形的条件的话,则返回错误提示框。

图 2-12　程序返回结果图

2.实验项目 2 的实现步骤

(1)界面设计

　　如图 2-13 所示,在窗体中添加 4 个标签控件:Label1、Label2、Label3、Label4,3 个文本框控件:Text1、Text2、Text3,1 个命令按钮控件:Command1。

图 2-13　界面设计图

(2)属性设置

各控件的相关属性设置如表 2-4 所示。

表 2-4　实验项目 2 的属性设置

控件类型	默认控件名	属性	属性值
Label	Label1	Caption	请输入第 1 个数：
	Label2	Caption	请输入第 2 个数：
	Label3	Caption	请输入第 3 个数：
	Label4	Caption	（清空）
CommandButton	Command1	Caption	求 3 个数中最大的数
TextBox	Text1	Text	（清空）
	Text2	Text	（清空）
	Text3	Text	（清空）

(3)代码编写

在代码窗口中编写命令按钮的 Click 事件代码如下：

```
Private Sub Command1_Click()
    Dim a As Single，b As Single，c As Single，max As Single
    a = Val(Text1. Text)
    b = Val(Text2. Text)
    c = Val(Text3. Text)
    If a > b Then
        max = a
    Else
        max = b
    End If
    If c > max Then
        max = c
    End If
    Label4. Caption = "最大的数是:" + Str(max)
End Sub
```

(4)调试运行

按功能键 F5 运行该程序,运行效果如图 2-14、2-15 所示。

图 2-14　输入界面

图 2-15　运行效果图

3. 实验项目 3 的实现步骤

(1)界面设计

如图 2-16 所示,在窗体中添加 2 个标签控件:Label1、Label2,1 个文本框控件:Text1,1 个命令按钮控件:Command1。

图 2-16　界面设计图

(2)属性设置

各控件的属性设置如表 2-5 所示。

表 2-5　实验项目 3 的属性设置

控件类型	默认控件名	属性	属性值
Label	Label1	Caption	请输入分数:
	Label2	Caption	(清空)
CommandButton	Command1	Caption	等级:
TextBox	Text1	Text	(清空)

(3)代码编写

在代码窗口中编写命令按钮的 Click 事件代码如下:

```
Private Sub Command1_Click()
    Dim score As Integer
    Dim result As String
    score = Val(Text1. Text)
    Select Case Int(score)
    Case 0 To 59
        result = "不及格"
    Case 60 To 79
        result = "及格"
    Case 80 To 89
        result = "良"
    Case 90 To 100
        result = "优"
    Case Else
```

```
        MsgBox"输入数据错误,请重新输入!"
      Text1. Text = " "
      Text1. SetFocus
    End Select
    Label2. Caption = result
  End Sub
```

文本框的 Change 事件代码如下:

```
Private Sub Text1_Change()
  Label2. Caption = " "
End Sub
```

(4)调试运行

按功能键 F5 运行该程序,运行效果如图 2-17、2-18 所示。

图 2-17　输入界面

图 2-18　运行效果图

4. 实验项目 4 的实现步骤

(1)界面设计

如图 2-19 所示,界面只有一个简单的窗体,只要稍微修改一下属性值就可以了。

图 2-19　界面设计图

(2)属性设置

此实验只需要把窗体 Form1 的 Caption 属性设置为"杨辉正三角"作为提示即可。

(3)代码编写

在代码窗口中编写窗体的 Click 事件代码如下:

```
Private Sub Form_Click()
  Const max = 9, pos = 27
```

```
Dim triang()
Dim i As Integer, j As Integer, n As Integer
Do
    n = InputBox("请输入杨辉三角的行数:")
Loop Until n >= 1 And n <= max
ReDim triang(n)
triang(1) = 1
Print Tab(pos - 2); triang(1)
For i = 2 To n
    triang(i) = 1
    For j = i - 1 To 2 Step -1
        triang(j) = triang(j - 1) + triang(j)
    Next j
    For j = 1 To i
        Print Tab(pos - 2 * i + 4 * (j - 1)); triang(j);
    Next j
    Print
Next i
End Sub
```

(4)调试运行

按功能键 F5 运行该程序,运行时出现如图 2-20 所示的应用程序窗体,单击此窗体中的任何一个位置,即可弹出如图 2-21 所示的输入框。在输入框中输入要生成的杨辉三角形的行数,单击"确定"按钮后就会出现所要绘制的杨辉三角形,如图 2-22 所示。

图 2-20　应用程序窗体

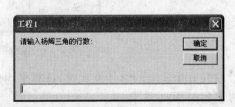

图 2-21　输入框

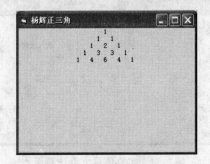

图 2-22　运行效果图

实验5 数 组

一、实验目的

1. 掌握数组的声明、引用。
2. 掌握静态数组和动态数组的区别。
3. 掌握控件数组。
4. 掌握和数组相关的常用算法。

二、实验内容

1. 用数组保存随机产生的 10 个 20～50 的整数,求其中的最大数、最小数和平均值,然后将 10 个随机数和其最大数、最小数以及平均值显示在图片框(PictureBox)中。设计界面如图 2-23 所示。

图 2-23 实验项目 1 设计界面

2. 输入 n 个学生的学号及成绩,计算平均成绩并找出高于平均成绩的学生学号、成绩。设计界面如图 2-24 所示。

图 2-24 实验项目 2 设计界面

【提示】

①单击"输入成绩"按钮,弹出对话框输入学生人数,然后根据学生人数依次输入每个学生的学号及成绩。

②计算平均成绩,并将高于平均成绩的学生学号及成绩在窗体上输出。

3.使用控件数组,控制文本框中文字字体的变化。运行界面如图 2-25 所示。

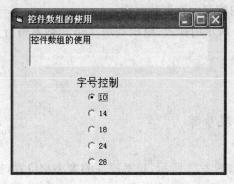

图 2-25　实验项目 3 运行界面

4.显示出如图 2-26 所示的杨辉三角形,要求:

①先输入行数 n。

②如果要显示为如图 2-27 所示的样式,该如何改动原来的程序呢?

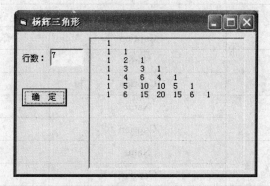

图 2-26　实验项目 4 运行界面

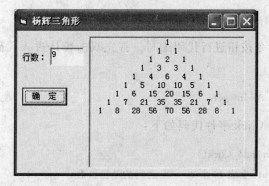

图 2-27　实验项目 4 运行界面

【提示】

①杨辉三角形是 $(a+b)^n$ 展开后各项的系数,具有如下规律:

各行的第一个和最后一个数都是 1;从第 3 行起,除上面指出的第一个数和最后一个数之外,其他的数是上一行同列和前一列两个数之和,即 $a[i,j]=a[i-1,j]+a[i-1,j-1]$,$i$ 为行,j 为列。

②为了便于控制,将内容显示在图片框中。

③要显示为如图 2-27 所示的样式,应该利用 Tab 函数对每行显示的起始位定位。

三、实验步骤

1. 实验项目 1 的实现步骤

(1)界面设计

建立窗体,界面设计如图 2-23 所示,调整控件的大小和位置,使界面美观大方。

(2)属性设置

窗体中各对象的属性设置如表 2-6 所示。

表 2-6　窗体对象属性

对象	属性	属性值
CommandButton	Name	Command1
	Caption	生成随机数
CommandButton	Name	Command2
	Caption	最大数
CommandButton	Name	Command3
	Caption	最小数
CommandButton	Name	Command4
	Caption	平均值
PictureBox	Name	Picture1

(3)编写程序代码

本题需要对 4 个命令按钮进行代码编写。首先双击窗体进入代码窗口,在代码窗口顶部进行如下数组声明:

```
Dim A(1 To 10) As Integer
```

Command1 按钮的 Click 事件代码如下:

```
Private Sub Command1_Click()
    Picture1. Print "生成 10 个 20～50 之间的随机整数:"
    Randomize
```

```
    For i = 1 To 10                    ' 随机产生 10 个[20,50]的整数,并输出
        A(i) = Int(31 * Rnd + 20)
        Picture1. Print " A(" & Str(i) & ")="; A(i);
        If i Mod 2 = 0 Then Picture1. Print
    Next i
End Sub
```

Command2 按钮的 Click 事件代码如下:

```
Private Sub Command2_Click()
    Picture1. Print
    Dim temp As Integer
    temp = A(1)
    For i = 2 To 10
        If A(i) > temp Then temp = A(i)
    Next i
    Picture1. Print "最大数:"; temp;
End Sub
```

Command3 按钮的 Click 事件代码如下:

```
Private Sub Command3_Click()
    Picture1. Print
    Dim temp As Integer
    temp = A(1)
    For i = 2 To 10
        If A(i) < temp Then temp = A(i)
    Next i
    Picture1. Print "最小数:"; temp;
End Sub
```

Command4 按钮的 Click 事件代码如下:

```
Private Sub Command4_Click()
    Picture1. Print
    Dim temp As Integer
    For i = 1 To 10
        temp = temp + A(i)
    Next i
    temp = temp / 10
    Picture1. Print "平均值:"; temp;
End Sub
```

(4)调试与运行

在"标准"工具栏中单击"启动"按钮,进入运行状态,某次的运行结果如图 2-28 所示。

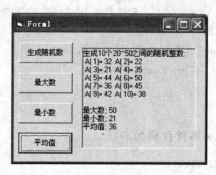

图 2-28   实验项目 1 的运行界面

2. 实验项目 2 的实现步骤

(1)界面设计

根据要求,设计界面,如图 2-24 所示。

(2)属性设置

窗体中只有一个命令按钮控件,Name 属性值为"Command1",Caption 属性值为"输入成绩"。

(3)编写程序代码

本题只需对 1 个命令按钮进行编程。

双击窗体进入代码窗口,在代码窗口顶部进行如下变量声明:

```
Dim num(), score() As String
Dim aver, sum As Single
Dim n As Integer
Dim nx, sx As String
```

Command1 按钮的 Click 事件代码如下:

```
Private Sub Command1_Click()
    n = Val(InputBox("请输入学生人数", "数据输入框", Default))
    ReDim num(n), score(n)
    For i = 1 To n
    nx = "请输入第" + Str(i) + "个学生的学号"
    sx = "请输入第" + Str(i) + "个学生的成绩"
    num(i) = InputBox(nx, "数据输入框", Default)
    score(i) = InputBox(sx, "数据输入框", Default)
    Next i
    For i = 1 To n
        sum = sum + Val(score(i))
    Next i
    aver = sum / n
    Print
    Print "平均成绩:"; aver
```

```
        Print
        Print "高于平均成绩学生的学号与成绩："
        Print " 学号"," 成绩"
        For i = 1 To n
            If Val(score(i)) > aver Then Print num(i), score(i)
        Next i
    End Sub
```

（4）调试与运行

在"标准"工具栏中单击"启动"按钮，进入运行状态，根据提示分别输入学生人数、学号及其成绩并观察输出结果。如果出现错误，反复调试程序，直至得到正确结果。

调试后，按功能键 F5 运行程序，单击"输入成绩"按钮，输入学生人数"5"，学号分别是 2008001、2008002、2008003、2008004、2008005，成绩分别是 82、85、88、95、98，运行结果如图 2-29 所示。

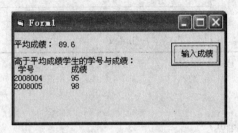

图 2-29　实验项目 2 的运行界面

3.实验项目 3 的实现步骤

（1）界面设计

根据要求设计界面，按照图 2-25 将控件放置在合适的位置上。

（2）属性设置

窗体和各控件的属性设置如表 2-7 所示。

表 2-7　窗体对象属性

对象	属性	属性值
Form	Name	Form1
	Caption	控件数组的使用
TextBox	Name	Text1
	Text	控件数组的使用
Label	Name	Label1
	Caption	字号控制
OptionButton	Name	Option1
	Caption	10
	Index	0

续表

对象	属性	属性值
	Name	Option1
OptionButton	Caption	14
	Index	1
	Name	Option1
OptionButton	Caption	18
	Index	2
	Name	Option1
OptionButton	Caption	24
	Index	3
	Name	Option1
OptionButton	Caption	28
	Index	4

(3)编写程序代码

程序代码如下：

```
Private Sub Form_Load()
    Option1(0). Value = True          '选定第 1 个单选按钮
    Text1. FontSize = 10              '设定文本框中的字号
End Sub


Private Sub Option1_Click(Index As Integer)
    Select Case Index                 '系统自动返回 Index 值
        Case 0
            Text1. FontSize = 10
        Case 1
            Text1. FontSize = 14
        Case 2
            Text1. FontSize = 18
        Case 3
            Text1. FontSize = 24
        Case 4
            Text1. FontSize = 28
    End Select
End Sub
```

(4)调试与运行

在"标准"工具栏中单击"启动"按钮，进入运行状态，分别单击不同的单选按钮，观察文本框中文字字体的变化情况。如果出现错误,反复调试程序,直至得到正确结果。

4. 实验项目 4 的实现步骤

(1)界面设计

根据要求,设计界面,如图 2-26 所示。

(2)属性设置

窗体和各控件的属性设置如表 2-8 所示。

表 2-8   窗体对象属性

对象	属性	属性值
Form	Name	Form1
	Caption	杨辉三角形
TextBox	Name	Text1
	Text	(清空)
Label	Name	Label1
	Caption	行数:
CommandButton	Name	Command1
	Caption	确定
PictureBox	Name	Picture1

(3)编写程序代码

本题只需对命令按钮进行编程。Command1 按钮的 Click 事件代码如下:

```
Private Sub Command1_Click()
    Dim triang()                           '说明动态数组
    Dim i As Integer, j As Integer, n As Integer
    Do
    n = Val(Text1.Text)
    Loop Until n >= 1                       '杨辉三角形行数的合法性检查
    ReDim triang(n)                         '数组重定义
    triang(1) = 1                           '生成第一行
    For i = 1 To n
        triang(i) = 1
        For j = i - 1 To 2 Step -1          '生成第 i 行
            triang(j) = triang(j - 1) + triang(j)
        Next j
        For j = 1 To i
            Picture1.Print triang(j);       '显示第 i 行
        Next j
        Picture1.Print
    Next i
End Sub
```

（4）调试与运行

在"标准"工具栏中单击"启动"按钮，进入运行状态，输入杨辉三角形的行数，单击"确定"按钮观察输出结果。如果出现错误，反复调试程序，直至得到正确结果。

要得到如图 2-27 所显示的样式，需要用 Tab 函数对每行显示的起始位定位，整个程序代码如下：

```
Private Sub Command1_Click()
    Const pos = 20
    Dim triang()                    '说明动态数组
    Dim i As Integer, j As Integer, n As Integer
    Do
    n = Val(Text1. Text)
    Loop Until n >= 1
    ReDim triang(n)
    triang(1) = 1
    For i = 1 To n
        triang(i) = 1
        For j = i - 1 To 2 Step -1
            triang(j) = triang(j - 1) + triang(j)
        Next j
        For j = 1 To i
            Picture1. Print Tab(pos - 2 * i + 4 * (j - 1)); triang(j);
        Next j
        Picture1. Print
    Next i
End Sub
```

实验6 过 程

一、实验目的

1. 掌握自定义函数过程和子过程的定义和调用方法。
2. 掌握形参和实参的对应关系。
3. 掌握传值和传址的传递方式。
4. 掌握变量、函数和过程的作用域。
5. 掌握递归的使用方法。
6. 熟悉程序设计中的常用算法。

二、实验内容

1. 求解下面的程序：

$$s_1 = n$$
$$s_2 = n + n$$
$$s_n = n + n + \cdots + n(n个n累加)$$

并输出 s1～sn。n 是自然数，从文本框中输入。运行界面如图 2-30 所示。

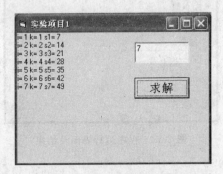

图 2-30　程序运行界面及结果

2. 用递归过程求两个整数 m 和 n 的最大公约数。运行界面如图 2-31 所示。

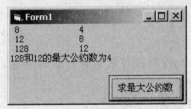

图 2-31　程序运行界面及结果

3.用随机函数产生 10 个 10～100 之间的整数,调用排序子过程进行排序,并由小到大排序输出。运行界面如图 2-32 所示。

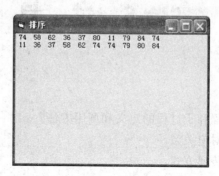

图 2-32   程序运行界面及结果

4.编写一个子过程,对于已知正整数,判断该数是否是回文数。所谓回文数是指顺读与倒读数字相同,即指最高位与最低位相同,次高位与次低位相同,依次类推。当只有 1 位数时,也认为是回文数。程序要求输入一系列数,分别调用求回文数的子过程,每输入一个数,判断一次,在图形框中显示。若是回文数,则该数后面显示一个"※"。运行界面如图 2-33 所示。

【提示】

利用 Mid 函数对输入的数(按字符串类型处理)从两边往中间比较,若不相同,就不是回文数。

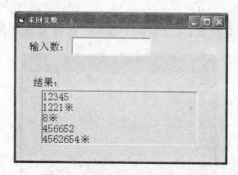

图 2-33   程序运行界面及结果

三、实验步骤

1.实验项目 1 的实现步骤

(1)界面设计

根据要求设计界面,按图 2-30 将控件放置在合适的位置。

(2)属性设置

窗体和各控件的属性设置如表 2-9 所示。

表 2-9　窗体对象属性

对象	属性	属性值
Form	Name	Form1
	Caption	实验项目 1
CommandButton	Name	Command1
	Caption	求解
TextBox	Name	Text1
	Text	（清空）

(3)编写程序代码

函数过程：

```
Public Function Sum(m As Integer, ByVal n As Integer)
    Sum = m
    Do While n > 1
        Sum = Sum + m
        n = n - 1
    Loop
End Function
```

Command1 按钮的 Click 事件代码如下：

```
Private Sub Command1_Click()
    Dim i%, s(), a%, k%
    Cls
    a = Val(Text1. Text)
    ReDim s(1 To a)
    For i = 1 To a
        s(i) = Sum(a, i)
        k = k + 1
        Print "i="; i; "k="; k; "s" & i & "="; s(i)
        If k > a Then Exit For
    Next i
End Sub
```

2. 实验项目 2 的实现步骤

(1)界面设计

根据要求设计界面,按图 2-31 将各控件放置在合适的位置。

(2)属性设置

各控件的属性设置如表 2-10 所示。

表 2-10　窗体对象属性

对象	属性	属性值
CommandButton	Name	Command1
	Caption	求最大公约数

（3）编写程序代码

Command1 按钮的 Click 事件代码如下：

```
Private Sub Command1_Click()
    Dim x%, y%, gcdinxy%
    Cls
    x = CInt(InputBox("请输入第 1 个整数"))
    y = CInt(InputBox("请输入第 2 个整数"))
    Print x & "和" & y & "的最大公约数为" & greatcd(x, y)
End Sub

Public Function greatcd(m As Integer, n As Integer) As Integer
    If (m Mod n = 0) Then
        greatcd = n
        Print m, n
    Else
        greatcd = greatcd(n, m Mod n)
        Print m, n
    End If
End Function
```

3. 实验项目 3 的实现步骤

（1）界面设计

根据要求设计界面，按图 2-32 将各控件放置在合适的位置。

（2）属性设置

窗体的属性设置如表 2-11 所示。

表 2-11　窗体对象属性

对象	属性	属性值
Form	Name	Form1
	Caption	排序

（3）编写程序代码

```
    Dim a(1 To 10)

    Private Sub Form_Click()              ' 产生随机数组并排序
```

```
        Dim mykeyword%，myrecord%
        For i = 1 To 10
            a(i) = Int(Rnd * 91 + 10)：Print a(i)；
        Next
        Call sorter(a)                    '调用排序函数
        Print
        For i = 1 To 10                   '按序打印输出
            Print a(i)；
        Next
    End Sub


    Public Sub sorter(x())                '插入法排序函数
        For i = 2 To 10
            t = x(i)：j = i - 1
            Do While t < x(j)
                x(j + 1) = a(j)：j = j - 1
                If j = 0 Then Exit Do
            Loop
            x(j + 1) = t
        Next
    End Sub
```

4. 实验项目 4 的实现步骤

(1) 界面设计

根据要求设计界面,按图 2-33 将各控件放置在合适的位置。

(2) 属性设置

窗体和各控件的属性设置如表 2-12 所示。

表 2-12　窗体对象属性

对象	属性	属性值
Form	Name	Form1
	Caption	求回文数
TextBox	Name	Text1
	Text	(清空)
Label	Name	Label1
	Caption	输入数:
Label	Name	Label2
	Caption	结果:
PictureBox	Name	Picture1

（3）编写程序代码

```
Sub huiws(ByVal ss As String, Tag As Boolean)
    Dim s$, st$, i%, Ls%
    Tag = True
    s = RTrim(LTrim(ss))
    Ls = Len(s)
    For i = 1 To Int(Len(s) / 2)
        If Mid(s, i, 1) <> Mid(s, Ls + 1 - i, 1) Then
            Tag = False : Exit For
        End If
    Next i
End Sub
```

调用该子过程的主调程序如下：

```
Private Sub Text1_KeyPress(KeyAscii As Integer)
    Dim Ishui As Boolean
    If KeyAscii = 13 Then
        If IsNumeric(Text1) Then
            Call huiws(Text1. Text, Ishui)        ' 调用 huiws 子过程，判断 Text1 内的数
                                                  ' 是否是回文数
            If Ishui Then
                Picture1. Print Text1；"※"
            Else
                Picture1. Print Text1
            End If
        End If                                    ' 非数字或已调用 huiws 子过程，再输入
        Text1. Text = " "：Text1. SetFocus
    End If
End Sub
```

本例中有两个形参，形参 ss 是要判断的数字串，通过实参与形参的结合获得其值，应为值传递；Tag 是返回给主调程序决定是否是回文数的参数，所以必须是地址传递。

请将 huiws 子过程改为函数过程，并在主程序中调用该函数过程。

实验7 VB常用内部控件

一、实验目的

1. 掌握 VB 各种常用内部控件的基本属性、事件和方法。
2. 熟练掌握在窗体上创建控件的操作方法。
3. 掌握事件过程的代码编写。

二、实验内容

1. 建立一个图书管理窗体。运行程序后,当单击"添加新书"按钮时,加入一本图书到列表框中;当单击"全部删除"按钮时,删除列表框中的图书。运行界面如图 2-34 所示。

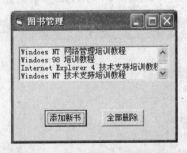

图 2-34　图书管理程序运行界面

2. 使用滚动条控制图像的大小变化,运行界面如图 2-35 所示。滑动滚动条,即可调整图像的大小。

图 2-35　改变图像大小实例运行界面

3.在窗体上设计一个能按 12 小时格式和 24 小时格式进行转换的数字时钟,运行界面如图 2-36 所示。

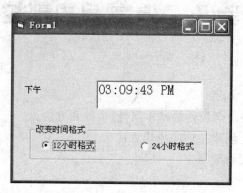

图 2-36　数字时钟程序运行界面

4.设计一个"通讯录"窗体,当用户在下拉列表框中选择某一人名后,在"电话号码"文本框中显示对应的电话号码,运行界面如图 2-37 所示。当用户选择或取消"单位"和"住址"复选框后,将打开或关闭"工作单位"(如图 2-38 所示)或"家庭住址"(如图 2-39 所示)文本框。

图 2-37　通讯录程序运行界面 1

图 2-38　通讯录程序运行界面 2

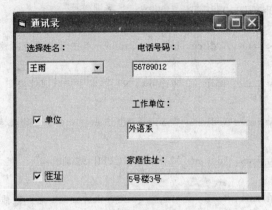

图 2-39　通讯录程序运行界面 3

三、实验步骤

1. 实验项目 1 的实现步骤

(1)界面设计

在窗体中添加 2 个命令按钮控件和 1 个列表框控件,按图 2-34 将各控件放置在合适的位置。

(2)属性设置

窗体和各控件属性设置如表 2-13 所示。

表 2-13　图书管理程序各对象属性

对象	属性	属性值
Form	Name	Form1
	Caption	图书管理
ListBox	Name	ListName
CommandButton	Name	cmdAdd
	Caption	添加新书
CommandButton	Name	cmdClear
	Caption	全部删除

(3)编写程序代码

```
Private Sub cmdAdd_Click()
    Select Case listName. ListCount
        Case 0
            cmdClear. Enabled = True          '设置"全部删除"按钮的 Enabled 属性
            ListName. AddItem "Windows NT 网络管理培训教程"          '添加
        Case 1
```

```
            ListName. AddItem "Windows 98 培训教程"
        Case 2
            ListName. AddItem "Internet Explorer 4 技术支持培训教程"
        Case 3
            ListName. AddItem "Windows NT 技术支持培训教程"
        Case 4
            ListName. AddItem "Windows NT Server 4.0 企业版技术培训教程"
        Case 5
            ListName. AddItem "Microsoft TCP/IP 培训教程"
        Case 6
            ListName. AddItem "Microsoft SQL Server 6.5 培训教程"
        Case 7
            ListName. AddItem "Microsoft Internet Information Server 培训教程"
        Case 8
            ListName. AddItem "Microsoft Windows 和 WOSA 读本"
        Case 9
            ListName. AddItem "Microsoft Windows 体系结构开发员培训教程"
        Case Else
            cmdAdd. Enabled = False          ' 设置"添加新书"按钮的 Enabled 属性
    End Select
End Sub

Private Sub cmdClear_Click()
    ListName. Clear
    cmdAdd. Enabled = True                   ' 清除后使"添加"按钮可用
    cmdClear. Enabled = False                ' 清除后使"全部删除"按钮不可用
End Sub

Private Sub Form_Load()
    cmdClear. Enabled = False
End Sub
```

（4）运行程序

按功能键 F5 或单击"标准"工具栏上的"运行"按钮，即可运行程序。单击"添加新书"按钮，当列表框中添加的文本行数超过列表框的高度时，列表框自动出现垂直滚动条。

2. 实验项目 2 的实现步骤

（1）界面设计

在窗体中添加 1 个图像框控件和 1 个滚动条控件，按图 2-35 将各控件放置在合适的位置。

（2）属性设置

窗体和各控件的属性设置如表 2-14 所示。

表 2-14　改变图像大小实例各对象属性

对象	属性	设置值
Form	Name	Form1
	Caption	Form1
Image	Name	Image1
	Stretch	True
	Picture	C:\ Water lilies. jpg
HScrollBar	Name	HScroll1
	Max	4800

(3)编写程序代码

```
Private Sub HScroll1_Change()
    Image1. Width = HScroll1. Value
    Image1. Height = HScroll1. Value * 0.8        '改变图像的宽和高
End Sub
```

(4)运行程序

滑动滚动条,就可以随意改变图像的大小了。程序中 HScroll1 的 Max 是控制该控件的 Value 最大值,可根据实际情况设置。

3.实验项目 3 的实现步骤

(1)界面设计

在窗体中添加 1 个计时器、1 个标签、1 个文本框、1 个框架和 2 个单选按钮,按图 2-36 将各控件放置在合适的位置。

(2)属性设置

各控件的属性设置如表 2-15 所示。

表 2-15　数字时钟程序各控件属性

对象	属性	属性值
Frame	Name	Frame1
	Caption	改变时间格式
OptionButton	Name	Option1
	Caption	12 小时格式
OptionButton	Name	Option2
	Caption	24 小时格式
TextBox	Text	(清空)
Label	Name	Label1
Timer	Interval	1000

（3）编写程序代码

```
Private Sub Option1_Click()
    Form1. Tag = "hh:mm:ss AM/PM"
End Sub

Private Sub Option2_Click()
    Form1. Tag = "hh:mm:ss"
End Sub

Private Sub Timer1_Timer()
    Text1. Text = Format(Time, Form1. Tag)
    If Hour(Time) > 12 Then
        Label1. Caption = "下午"
    Else
        Label1. Caption = "上午"
    End If
End Sub
```

4. 实验项目 4 的实现步骤

（1）界面设计

在窗体中添加 4 个标签、3 个文本框、2 个多项选择框和 1 个下拉列表框，按图 2-37 将各控件放置在合适的位置。

（2）属性设置

各对象的属性设置如表 2-16 所示。

表 2-16   通讯录实例各对象属性

对象	属性	属性值
Form	Name	Form1
	Caption	通讯录
ComboBox	Name	Combo1
	Style	2-Dropdown
TextBox	Name	Text1
	Locked	True
	Text	（清空）
TextBox	Name	Text2
	Locked	True
	Text	（清空）
	Visible	False

続表

对象	属性	属性值
TextBox	Name	Text3
	Locked	True
	Text	（清空）
	Visible	False
Label	Name	Label1
	Caption	选择姓名：
Label	Name	Label2
	Caption	电话号码：
Label	Name	Label3
	Caption	工作单位：
	Visible	False
Label	Name	Label4
	Caption	家庭住址：
	Visible	False
CheckBox	Name	Check1
	Caption	单位
CheckBox	Name	Check2
	Caption	住址

（3）编写程序代码

```
Private Sub Check1_Click()
    If Check1. Value = 1 Then        '判断多项选择框是否选中从而决定相应的 Label
        Label3. Visible = True        '和 Text 是否可见
        Text2. Visible = True
    Else
        Label3. Visible = False
        Text2. Visible = False
    End If
End Sub

Private Sub Check2_Click()
    If Check2. Value = 1 Then
        Label4. Visible = True
        Text3. Visible = True
    Else
        Label4. Visible = False
```

```vb
            Text3. Visible = False
        End If
    End Sub


    Private Sub Combo1_Click()              ' 单击下拉列表框中的选项时执行的代码
        Select Case Combo1. Text
            Case "黄佳"
                Text1. Text = "12345678"
                Text2. Text = "中文系"
                Text3. Text = "1 号楼 11 号"
            Case "钱晓"
                Text1. Text = "23456789"
                Text2. Text = "体育系"
                Text3. Text = "2 号楼 12 号"
            Case "章大"
                Text1. Text = "34567890"
                Text2. Text = "教育系"
                Text3. Text = "3 号楼 1 号"
            Case "高巧"
                Text1. Text = "45678901"
                Text2. Text = "物理系"
                Text3. Text = "4 号楼 2 号"
            Case "王雨"
                Text1. Text = "56789012"
                Text2. Text = "外语系"
                Text3. Text = "5 号楼 3 号"
            Case "功臣"
                Text1. Text = "67890123"
                Text2. Text = "计算机系"
                Text3. Text = "6 号楼 6 号"
        End Select
    End Sub


    Private Sub Form_Load()                 ' 程序开始运行时向下拉列表框中添加项目
        Combo1. AddItem "黄佳"
        Combo1. AddItem "钱晓"
        Combo1. AddItem "章大"
        Combo1. AddItem "高巧"
        Combo1. AddItem "王雨"
        Combo1. AddItem "功臣"
    End Sub
```

实验 8　菜单设计

一、实验目的

1. 了解菜单编辑器的作用,利用菜单编辑器掌握设计菜单的步骤、方法和技巧。
2. 掌握窗口菜单的设计方法。
3. 掌握弹出式菜单的设计方法。

二、实验内容

1. 在窗体上建立一个如图 2-40 所示的二级菜单,该菜单含有"程序"和"附件"(名称分别为"vbCx"和"vbFj")两个主菜单项。其中,"程序"菜单包括 Word 2003、Excel 2003 和 PowerPoint 2003 3 个子菜单项(名称分别为 vbWord、vbExcel、vbPowerpoint)。"附件"菜单包括"画图"和"游戏"两个子菜单项(名称分别为"vbDraw"和"vbGame")。其中,"游戏"子菜单项又包括"纸牌"和"扫雷"两个子菜单项(名称分别为"vbZhipai"和"vbSaolei")。当用户进行选择时,能启动相应的应用程序。

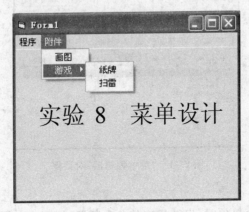

图 2-40　运行界面

2. 为上例窗体设计一个弹出式菜单,该菜单包含红色、蓝色和黑色 3 个选项(名称分别为 vbRed、vbBlue、vbBlack),单击相应的选项后可改变标签框中文字的颜色。

三、实验步骤

1. 实验项目 1 的实现步骤

(1)界面设计

启动 VB,根据图 2-40 的样式在 VB 的窗体界面上添加一个标签控件,并将其 Caption

属性设置为"实验 8　菜单设计"。

（2）属性设置

打开"菜单编辑器"对话框，设置各菜单选项，并设置各对象的属性如表 2-17 所示。设计好以后的菜单编辑器如图 2-41 所示。

表 2-17　菜单项的属性设置

分类	标题	名称	内缩符号
主菜单项 1	程序	vbCx	无
子菜单项 1	Word 2003	vbWord	1 个
子菜单项 2	Excel 2003	vbExcel	1 个
子菜单项 3	PowerPoint 2003	vbPowerpoint	1 个
主菜单项 2	附件	vbFj	无
子菜单项 1	画图	vbDraw	1 个
子菜单项 2	游戏	vbGame	1 个
子菜单项 21	纸牌	vbZhipai	2 个
子菜单项 22	扫雷	vbSaolei	2 个

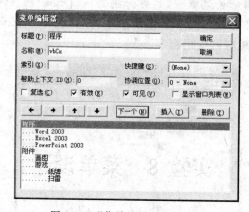

图 2-41　"菜单编辑器"对话框

（3）编写程序代码

该程序在单击各菜单项时，启动相应的各项任务，以下为各子菜单项的程序代码。

"Word 2003"事件过程代码如下：

```
Private Sub vbWord_Click()
    Shell ("C:\program files\Microsoft Office\office11\winword. exe"), vbNormalFocus
End Sub
```

"Excel 2003"事件过程代码如下：

```
Private Sub vbExcel_Click()
    Shell ("C:\program files\Microsoft Office\office11\excel. exe"), vbNormalFocus
End Sub
```

"PowerPoint 2003"事件过程代码如下：

```
Private Sub vbPowerpoint_Click()
    Shell ("C:\program files\Microsoft Office\office11\ powerpnt. exe"), vbNormalFocus
End Sub
```

"画图"事件过程代码如下：

```
Private Sub vbDraw_Click()
    Shell ("C:\windows\system32\mspaint. exe"), vbNormalFocus
End Sub
```

"纸牌"事件过程代码如下：

```
Private Sub vbZhipai_Click()
    Shell ("C:\windows\system32\sol. exe"), vbNormalFocus
End Sub
```

"扫雷"事件过程代码如下：

```
Private Sub vbSaolei_Click()
    Shell ("C:\windows\system32\winmine. exe"), vbNormalFocus
End Sub
```

(4)运行程序

在设计完成以上的程序代码以后，按功能键 F5 即可运行程序，单击各子菜单可以启动相应的任务。

2. 实验项目 2 的实现步骤

(1)属性设置

打开"菜单编辑器"对话框，设置各菜单选项，并设置各对象的属性如表 2-18 所示。

表 2-18　弹出式菜单的属性设置

标题	名称	内缩符号	可见性
快捷菜单	popMenu	无	False
红色	vbRed	1个	True
蓝色	vbBlue	1个	True
黑色	vbBlack	1个	True

注意：要将顶级菜单的 Visible 属性设为"False"。设计好以后的"菜单编辑器"对话框如图 2-42 所示。

(2)编写窗体的 MouseDown 事件过程

```
Private Sub Form_MouseDown (Button As Integer, Shift As Integer, X As Single, Y As Single)
    If Button = 2 Then
    PopupMenu popMenu
    End If
End Sub
```

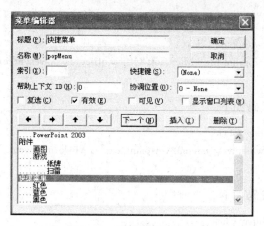

图 2-42　快捷菜单编辑器

（3）编写弹出式菜单的各子菜单项的事件过程代码

"红色"事件过程代码如下：

```
Private Sub vbRed_Click()
    Label1. ForeColor = &HFF      '或用 Label1. ForeColor = vbRed
End Sub
```

"蓝色"事件过程代码如下：

```
Private Sub vbBlue_Click()
    Label1. ForeColor = &HFF0000    '或用 Label1. ForeColor = vbBlue
End Sub
```

"黑色"事件过程代码如下：

```
Private Sub vbBlack_Click()
    Label1. ForeColor = &H0      '或用 Label1. ForeColor = vbBlack
End Sub
```

（4）运行程序

在设计完成以上的程序代码以后，按功能键 F5 即可运行程序。在窗体上任意位置单击鼠标右键即可弹出快捷菜单，选择相应的选项可以改变标签中文字的颜色。程序运行的效果图如图 2-43 所示。

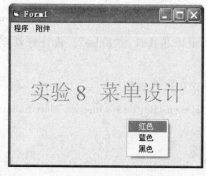

图 2-43　快捷菜单运行界面图

实验 9 图形程序设计

一、实验目的

1. 了解 VB 的图形绘制功能。
2. 掌握 VB 的图形控件和图形方法。
3. 掌握建立自定义坐标系的方法。
4. 掌握常用几何图形的绘制。
5. 了解简单的动画制作方法。

二、实验内容

1. 在窗体 Form1 中建立一个坐标系，要求窗体中心为坐标原点，窗体左上角坐标为（－300，200），窗体右下角坐标为（300，－200）。利用 Pset 方法在窗体上绘制余弦曲线。

2. 编程实现放大和缩小图片。在窗体 Form1 上添加一个图片框，载入一张风景画。当单击图片时，图片放大至整个窗体，再次单击图片时，图片缩小至原始尺寸。

3. 使用图形方法在窗体上绘制一个笑脸，如图 2-44 所示。

图 2-44 绘制笑脸

4. 制作一个简单动画，实现一辆跑车从左向右在窗体上行驶并且循环播放，如图 2-45 所示。

图 2-45 会动的跑车

三、实验步骤

1. 实验项目 1 的实现步骤

（1）界面设计

根据题目要求，本题可以不需要在窗体上建立任何控件。

（2）属性设置

由于题目无特别要求，本题可以不对属性进行设置。如果读者想让绘制在窗体上的余弦曲线能够长久保持，就要将 Form1 窗体的 AutoRedraw 属性设置为"True"。

（3）代码编写

在代码窗口中输入以下代码：

```
Private Sub Form_Click()
    Dim x As Single, y As Single
    Form1. Scale (−300, 200)−(300, −200)        '自定义坐标系
    Line (−280, 0)−(280, 0)                     '绘制 X 坐标
    Line (0, 180)−(0, −180)                     '绘制 Y 坐标
    For x = −280 To 280 Step 0.1                '绘制余弦曲线
        y = 100 * Cos(2 * x * 3.14159 / 180)
        PSet (x, y)
    Next x
End Sub
```

（4）调试运行

调试后，按功能键 F5 运行程序。单击窗体，运行结果如图 2-46 所示。

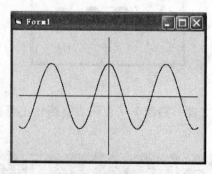

图 2-46　运行结果

（5）实验思考

①窗体默认坐标系是怎样的？除了用 Scale 语句自定义坐标系外，还可以用其他什么方法？

②语句"y = 100 * Cos(2 * x * 3.14159 / 180)"是否可替换为"y = 100 * Cos(2 * x)"？为什么？

2. 实验项目 2 的实现步骤

（1）界面设计

根据题目要求，为了便于实现图片的放大和缩小，除了加入一个图片框控件 Picture1 外，还需加入另一个图片框控件 Picture2。如图 2-47 所示。

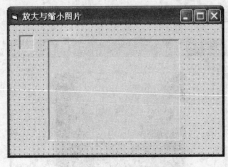

图 2-47 界面设计

（2）属性设置

因程序运行初始时，需显示 Picture1 中的图片，而 Picture2 隐藏，所以，属性设置如表 2-19 所示。

表 2-19 属性设置

默认控件名	属性	属性值
Form1	Caption	放大与缩小图片
Picture1	AutoSize	True
	Picture	风景.jpg
Picture2	Visible	False

（3）代码编写

根据题意，需定义两个 Click 事件过程，具体代码如下：

```
Private Sub Picture1_Click()
    Picture1. Visible = False            '隐藏图片框 1
    Picture2. Left = 0                   '设定图片框 2 的位置和大小
    Picture2. Top = 0
    Picture2. Width = Form1. ScaleWidth
    Picture2. Height = Form1. ScaleHeight
    Picture2. Visible = True             '显示图片框 2
    Picture2. AutoRedraw = True          '图片框 2 中图片持久显示
                                         '把图片框 1 中图片放大装入图片框 2
    Picture2. PaintPicture Picture1，0，0，Form1. ScaleWidth，Form1. ScaleHeight
End Sub
```

```
        Private Sub Picture2_Click()
            Picture2. Visible = False          '隐藏图片框 2
            Picture1. Visible = True           '显示图片框 1
        End Sub
```

（4）调试运行

调试后，按功能键 F5 运行程序。运行结果如图 2-48 所示。

图 2-48　运行结果 1

当单击图片时，运行结果如图 2-49 所示。

图 2-49　运行结果 2

再次单击图片时，又缩小到图 2-48 的效果。

（5）实验思考

①本实验如果不在设计时通过属性窗口设置属性的值，而是在窗体的 Load 事件中加入一段代码来修改这些属性，是否可行？ 如果可行，如何编写这段代码？

②PaintPicture 方法有何作用？

③如果要让图片框无边框，应该怎样操作？

3. 实验项目 3 的实现步骤

（1）界面设计

根据题目要求，本题不需要在窗体上建立任何控件。

（2）属性设置

将窗体 Form1 的 Caption 属性设置为"绘制笑脸"。

(3)代码编写

在代码窗口中输入以下代码：

```
Private Sub Form_Paint()
    Form1. Scale (−3, 3)−(3, −3)              '自定义坐标系
    FillStyle = 0                            '设置控件的填充样式
    FillColor = RGB(255, 255, 0)             '设置填充颜色为黄色
    Form1. Circle (0, 0), 1.6, vbBlack        '绘制脸
    FillColor = vbBlack                      '设置填充颜色为黑色
    '绘制眼睛
    Circle (−0.6, 0.2), 0.3
    Circle (0.6, 0.2), 0.3
    '绘制嘴巴
    Form1. Circle (0, 0), 1.2, vbBlack, 220 * 3.1415926 / 180, 320 * 3.1415926 / 180
End Sub
```

(4)调试运行

调试后,按功能键 F5 运行程序。运行结果如图 2-44 所示。

(5)实验思考

①Paint 事件在什么情况下发生？

②Circle 方法有何作用？

③使用图形控件能绘制笑脸吗？

4. 实验项目 4 的实现步骤

(1)界面设计

根据题目要求,需要在窗体上加入一个图像框控件和一个定时器控件。

(2)属性设置

将窗体 Form1 的 Caption 属性设置为"会动的跑车"。

设置图像框控件的 Picture 属性,装入"car.jpg"图片。

(3)代码编写

在代码窗口中输入以下代码：

```
Dim cx As Integer, cy As Integer

Private Sub Form_Load()              '初始化 cx 和 cy 并激活定时器
    cx = 400
    cy = 70
    Timer1. Interval = 100
    Timer1. Enabled = True
    Image1. Left = 0
    Image1. Top = 0
End Sub
```

```
Private Sub Timer1_Timer()          ' 定时器代码,改变图片的位置以实现动画效果
    Image1. Move Image1. Left + cx, Image1. Top + cy
    If Image1. Left > ScaleLeft + ScaleWidth Then
        Image1. Left = 0
        Image1. Top = 0
    End If
End Sub
```

(4)调试运行

调试后,按功能键 F5 运行程序。

(5)实验思考

①本实验中能否将图像框控件改为图片框控件?

②如何改变跑车运行的速度?

③如果要制作一个星星眨眼睛的动画,应该如何操作?

实验 10 多媒体编程初步

一、实验目的

1. 了解多媒体方面的基础知识。

2. 掌握使用 VB 提供的 Animation、MMControl 等多媒体控件实现视频、音频等媒体的处理和控制过程。

3. 学会利用简单的 API 函数编写多媒体应用程序。

二、实验内容

1. 使用 Animation 控件完成复制文件的动画显示过程。

2. 使用 MMControl 控件制作一个简单的 Wave 声音文件播放器。

3. 使用 WIN32 API 函数设计一个多媒体播放器。

三、实验步骤

1. 实验项目 1 的实现步骤

(1)界面设计

如图 2-50 所示,首先在窗体中添加 1 个标签控件、1 个通用对话框控件、1 个 Animation 控件和 3 个命令按钮控件。

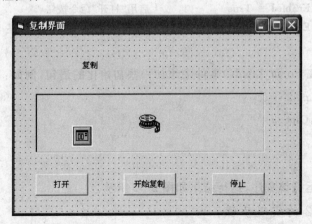

图 2-50 Animation 控件实现窗体布局

添加 Animation 控件的方法是执行"工程"→"部件"菜单命令,打开"部件"对话框,在"控件"列表中找到"Microsoft Windows Common Controls-2 6.0",选择该复选框并单击"确定"按钮,便可将 Animation 控件添加到工具箱中了。

(2)属性设置

按照图 2-50 所显示的效果,分别将窗体、标签控件、3 个命令按钮的 Caption 属性设置好。

(3)代码编写

打开代码窗口,为第 1 个按钮"打开"编写 Click 事件代码如下:

```
Private Sub Command1_Click()
    CommonDialog1. Filter = "( * . avi)| * . avi"
    CommonDialog1. ShowOpen
End Sub
```

为第 2 个按钮"开始复制"编写 Click 事件代码如下:

```
Private Sub Command2_Click()
    Label1. FontBold = True
    Label1. Caption = "工作中,请稍等…"
    Animation1. Open CommonDialog1. FileName
    Animation1. Play              '开始播放
    Command1. Enabled = False
    Command2. Enabled = False
    Command3. Enabled = True
End Sub
```

为第 3 个按钮"停止" 编写 Click 事件代码如下:

```
Private Sub Command3_Click()
    Animation1. Stop                 '停止播放
    Animation1. Close                '关闭打开文件
    Command1. Enabled = True         '启用"打开"命令按钮
    Command2. Enabled = False
End Sub
```

另外,还可以在 Form_Load()事件中添加一些初始化的语句,例如:

```
Private Sub Form_Load()
    Label1. Caption = ""
End Sub
```

(4)调试运行

按功能键 F5 运行该程序,运行结果如图 2-51 所示。

2. 实验项目 2 的实现步骤

(1)界面设计

如图 2-52 所示,依次向窗体中添加 1 个 MMControl 控件、2 个标签控件、1 个通用对话框控件和 4 个命令按钮控件。

图 2-51　Animation 控件实现窗体运行结果

执行"工程"→"部件"菜单命令,打开"部件"对话框,在"控件"列表中找到"Microsoft Multimedia Control 6.0",选择该复选框,单击"确定"按钮就可以将 MMControl 控件添加到工具箱中了。

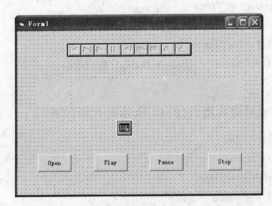

图 2-52　Wave 声音文件播放器实验界面设计

(2)属性设置

初始化时,需要修改的控件的属性设置如表 2-20 所示。

表 2-20　Wave 声音文件播放器实验控件属性

控件类型	默认控件名	属性	属性值
MMControl	MMControl1	Visible	False
Label	Label1	Caption	(清空)
	Label2	Caption	(清空)
CommandButton	Command1	Name	cmdOpen
	Command2	Name	cmdPlay
	Command3	Name	cmdPause
	Command4	Name	cmdStop

（3）代码编写

在加载窗体时，可以在 Form_Load()事件中对某些属性对象进行初始化，编写该事件代码如下：

```
Private Sub Form_Load()
    cmdPlay. Enabled = False
    cmdPause. Enabled = False
    Label1. Caption = "请打开一个要播放的 wav 文件"
End Sub
```

"Open"按钮主要完成对文件的打开功能，它的 Click 事件代码如下：

```
Private Sub cmdOpen_Click()
    CommonDialog1. Action = 1
    Label1. Caption = CommonDialog1. FileName        '用来显示正在播放的文件的路径
    Label2. Caption = "播放路径："
    cmdPlay. Enabled = True
    cmdPause. Enabled = True
    MMControl1. DeviceType = "Waveaudio"
    MMControl1. FileName = CommonDialog1. FileName
End Sub
```

"Play"按钮主要完成播放功能，它的 Click 事件代码如下：

```
Private Sub cmdPlay_Click()
    MMControl1. Command = "Open"
    cmdPlay. Enabled = False
    MMControl1. Command = "play"
    cmdOpen. Enabled = False
End Sub
```

"Pause"按钮用来暂停播放文件，它的 Click 事件代码如下：

```
Private Sub cmdPause_Click()
    MMControl1. Command = "pause"
    cmdPlay. Enabled = True
End Sub
```

"Stop"按钮用来停止播放文件，它的 Click 事件代码如下：

```
Private Sub cmdStop_Click()
    MMControl1. Command = "stop"
    MMControl1. Command = "close"
    cmdPause. Enabled = False
    cmdOpen. Enabled = True
End Sub
```

（4）调试运行

执行“运行→启动”菜单命令或按功能键 F5 运行该程序，运行结果如图 2-53 所示。

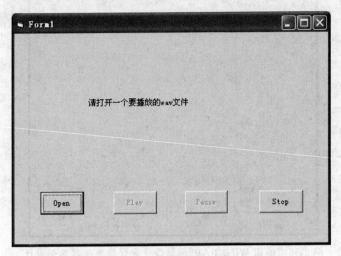

图 2-53　Wave 声音文件播放器实验运行结果图 1

单击“Open”按钮，在弹出的对话框中选择要播放的声音文件，再单击“Play”按钮，播放器开始播放声音文件，显示效果如图 2-54 所示。

图 2-54　Wave 声音文件播放器实验运行结果图 2

3.实验项目 3 的实现步骤

（1）界面设计

如图 2-55 所示，依次向窗体中添加 1 个通用对话框控件，1 个图片框控件和 4 个命令按钮控件。

（2）属性设置

按照图 2-55 所示，分别设置 4 个命令按钮的 Caption 属性依次为打开、暂停、停止、关闭。

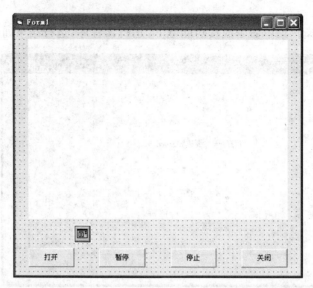

图 2-55　使用 WIN32 API 函数设计多媒体播放器界面设计

(3)代码编写

首先需要在代码窗口中加入声明和定义部分。在程序编写时会用到一个 API 函数 mciExecute 和两个全局变量 MARK 和 RtValue。MARK 用来标识设备的状态,RtValue 用来存储 API 函数的返回值。输入代码如下：

```
Option Explicit
Private Declare Function mciExecute Lib "winmm. dll" (ByVal lpstrCommand As String) As Long
Dim MARK As Integer
Dim RtValue As Long
```

在加载窗体的过程中,可以在 Form_Load()事件中加入些初始化语句,编写 Form_Load()事件如下：

```
Private Sub Form_load()
    MARK = 0
    RtValue = 0
End Sub
```

关闭应用程序时需要将设备停止并关闭,可以编写 Form_Unload()事件如下：

```
Private Sub Form_Unload(Cancel As Integer)
    If MARK = 1 Then                        '如果设备打开,关闭程序时先关闭设备
    RtValue = mciExecute("stop media")
    RtValue = mciExecute("close media")
    MARK = 0
    End If
End Sub
```

4 个命令按钮功能的实现代码分别如下。

"打开"按钮的 Click 事件代码：

```
Private Sub Command1_Click()
    Dim Fname As String
    If Command1. Caption = "播放" And MARK = 1 Then
    RtValue = mciExecute("play media")
    Command2. Enabled = True
    Command3. Enabled = True
    Command1. Enabled = False
    End If
    If Command1. Caption = "打开" Then
    Command1. Caption = "播放"
    CommonDialog1. Filter = "ALL FILES( * . * )| * . * "
    CommonDialog1. Flags = &H1000&               '输入文件不存在时显示警告信息
    CommonDialog1. FileName = " "
    CommonDialog1. ShowOpen                       '弹出打开文件对话框
    If CommonDialog1. FileName <> " " Then
    If MARK = 1 Then RtValue = mciExecute("close media")    '确保在打开设备前
                                                            '它是处在关闭状态

    Form1. Caption = CommonDialog1. FileName
    Fname = CommonDialog1. FileName
    Fname = Fname & " Alias media style child parent" & Str(Picture1. hWnd)   '生成 mci 命令
    MARK = mciExecute("Open " & Fname)            '成功打开返回 1
    If MARK = 1 Then
    RtValue = mciExecute("Play media from 1 to 1")    '现出原始画面
    Else
    RtValue = mciExecute("close media")
    End If
    End If
    End If
    End Sub
```

"暂停"按钮的 Click 事件代码：

```
Private Sub Command2_Click()
    If Command2. Caption = "暂停" And MARK = 1 Then    '根据当前状态改变按钮的
                                                      'Caption 属性

    RtValue = mciExecute("pause media")
    Command2. Caption = "继续"
    Else
    RtValue = mciExecute("play media")
    Command2. Caption = "暂停"
```

```
        End If
    End Sub
```

"停止"按钮的 Click 事件代码：

```
Private Sub Command3_Click()
    If MARK = 1 Then
        RtValue = mciExecute("close media")
        MARK = 0
    End If
    Command1.Enabled = True
    Command1.Caption = "打开"
    Command2.Enabled = False
End Sub
```

"关闭"按钮的 Click 事件如下：

```
Private Sub Command4_Click()
    Unload Me
End Sub
```

(4) 调试运行

执行"运行"→"启动"菜单命令或按功能键 F5 运行该程序，运行结果如图 2-56 所示。

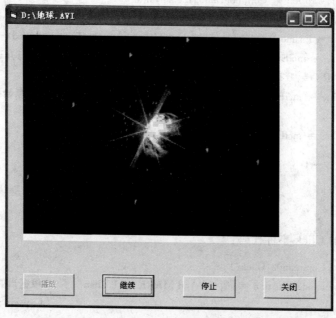

图 2-56　使用 WIN32 API 函数设计多媒体播放器运行结果

实验 11 文件操作

一、实验目的

1. 掌握文件的概念、类型,了解数据在文件中的存储形式。
2. 掌握文件操作语句、函数的功能和使用方法。

二、实验内容

1. 利用顺序文件建立一个能对文本文件进行内容追加或重新输入内容,并能进行浏览的系统。

2. 利用随机文件建立一个通信录,包括姓名、地址、电话号码等字段,程序允许对记录进行添加、浏览、删除。

三、实验步骤

1. 实验项目 1 的实现步骤

(1)界面设计

在窗体上添加 2 个 TextBox 控件、3 个 CommandButton 控件、2 个 Label 控件,布局如图 2-57 所示。

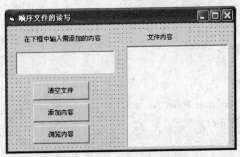

图 2-57 顺序文件读写用户界面

(2)属性设置

顺序文件读写用户窗体各对象的属性设置如表 2-21 所示。

表 2-21 顺序文件读写窗体对象属性

对象	属性	属性值
Form1	Caption	顺序文件的读写
Label	Caption	在下框中输入需添加的内容

续表

对象	属性	属性值
Labe2	Caption	文件内容
Text1	MultiLine	True
	Text	（清空）
Text2	MultiLine	True
	Text	（清空）
Command1	Caption	清空文件
Command2	Caption	添加内容
Command3	Caption	浏览内容

（3）代码编写

```
Private Sub Command1_Click()
    Open "d:\file1.txt" For Output As #1
    Write #1, ""
    Close #1
End Sub


Private Sub Command2_Click()
    Open "d:\file1.txt" For Append As #1
    Write #1, Text1.Text
    Close #1
End Sub


Private Sub Command3_Click()
    Text2.Text = ""
    Dim c As String
    Open "d:\file1.txt" For Input As #1
    Do While Not EOF(1)
        Input #1, c
        Text2.Text = Text2.Text + c
    Loop
    Close #1
    Close
End Sub
```

2. 实验项目 2 的实现步骤

（1）界面设计

在窗体上添加 3 个 TextBox 控件、3 个 CommandButton 控件、3 个 Label 控件和 1 个

ListBox 控件,布局如图 2-58 所示。

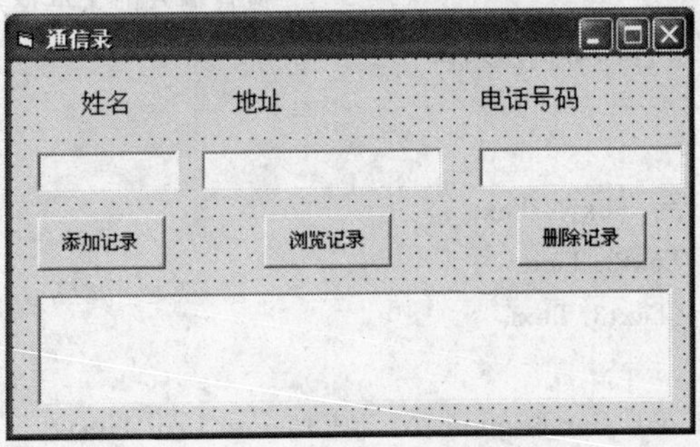

图 2-58　通信录用户界面

(2)属性设置

通信录窗体中各对象的属性设置如表 2-22 所示。

表 2-22　通信录实验对象属性

对象	属性	属性值
Form1	Caption	通信录
Label	Caption	姓名
Labe2	Caption	地址
Labe3	Caption	电话号码
Text1	Text	(清空)
Text2	Text	(清空)
Text3	Text	(清空)
Command1	Caption	添加记录
Command2	Caption	浏览记录
Command3	Caption	删除记录
List1	List	(清空)

(3)代码编写

添加一个标准模块,代码如下:

```
Type record
    StrName As String * 10
    Addr As String * 24
    Phone As String * 12
End Type
```

窗体模块代码如下:

```
Private Sub Command1_Click()
    Dim data As record
```

```vb
        If Text1. Text = "" Or Text2. Text = "" Or Text3. Text = "" Then
                                          '检查输入的文本框是否为空
            MsgBox "请将记录输入完整"
        End If
        With data
            . StrName = Text1. Text
            . Addr = Text2. Text
            . Phone = Text3. Text
        End With
        Open "d:\file2. dat" For Random As #1 Len = Len(data)
        Dim lastrecord As Integer
        lastrecord = LOF(1) / Len(data)          '记录号指向最后的一条
        Put #1, lastrecord + 1, data
        Close #1
        Text1. Text = ""                         '输入完毕清空文本框
        Text2. Text = ""
        Text3. Text = ""
        Text1. SetFocus
        Command2 = True                          '更新浏览框
    End Sub


    Private Sub Command2_Click()
        Dim dataout As record
        Dim recordnum As Integer
        Dim i As Integer
        Dim msg As String
        List1. Clear
        Open "d:\file2. dat" For Random As #1 Len = Len(dataout)
        recordnum = LOF(1) / Len(dataout)     '获取文件记录总数
        For i = 1 To recordnum                '读取文件记录并在列表框中显示
            Get #1, i, dataout
            With dataout
                msg = .strName & . Addr & . Phone
            End With
            List1. AddItem (msg)
        Next i
        Close #1
    End Sub


    Private Sub Command3_Click()
        Dim datadel As Integer
        Dim datanum As Integer
```

```
    Dim i As Integer
    Dim rec As record
    datadel = List1. ListIndex + 1              '将列表框的索引号转换为需删除的记录号
    Open "d:\file2. dat" For Random As #1 Len = Len(rec)
    Open "d:\file2. tmp" For Random As #2 Len = Len(rec)            '建立一个备份文件
    datanum = LOF(1) / Len(rec)
    For i = 1 To datanum                    '将除需删除的记录外的所有记录写入备份文件
        If i <> datadel Then
            Get #1, i, rec
            Put #2, , rec
        End If
    Next i
    Close #1
    Close #2
    Kill "d:\file2. dat"                      '删除原文件
    Name "d:\file2. tmp" As "d:\file2. dat"     '将备份文件命名为原文件
    Command2 = True
End Sub

Private Sub Form_Load()
    Dim head As record
    Head. strName = "name"
    Head. Addr = "address"
    Head. Phone = "telephone"
    Open "d:\file2. dat" For Random As #1
    Put #1, 1, head
    Close #1
End Sub
```

实验 12 数据库应用基础

一、实验目的

1. 掌握可视化数据管理器的使用方法。
2. 掌握数据控件及绑定控件的使用方法。
3. 掌握使用代码操作数据库的方法。

二、实验内容

1. 创建一个学生成绩数据库(grade. mdb),然后在"grade. mdb"库中添加一个班级成绩表(class080101),该表包括学号(xuehao)、姓名(xingming)、语文(yuwen)、数学(shuxue)、外语(waiyu)、总分(zongfen)字段,并在"class080101"表中添加 5 条学生记录,具体内容如表 2-23 所示。

表 2-23 班级成绩表

xuehao	xingming	yuwen	shuxue	waiyu	zongfen
08010101	王一	80	70	75	
08010102	刘二	70	90	80	
08010103	张三	60	65	70	
08010104	李四	90	95	85	
08010105	陈五	50	60	40	

2. 利用 SQL 语言中的 Update 命令完成"class080101"表中"zongfen"字段值的输入,使得"zongfen＝yuwen＋shuxue＋waiyu"。

3. 设计一个应用程序,利用数据控件及绑定控件(以文本框为绑定控件)实现对"grade. mdb"数据库中班级成绩表"class080101"信息的浏览,不允许用户修改相关信息。

4. 在实验项目 3 的基础上设计一个应用程序,利用数据控件及绑定控件(以文本框为绑定控件)实现对"grade. mdb"数据库中班级成绩表"class080101"信息的修改、添加和删除。

三、实验步骤

1. 实验项目 1 的实现步骤

(1)打开可视化数据管理器

在 VB 6.0 集成开发环境中执行"外接程序"→"可视化数据管理器"菜单命令,打开可视化数据管理器,如图 2-59 所示。

图 2-59　可视化数据管理器主窗口

（2）创建"grade. mdb"数据库

在可视化数据管理器主窗口中执行"文件"→"新建"→"Microsoft Access"→"Version 7.0 MDB"菜单命令，弹出"选择要创建的 Microsoft Access 数据库"对话框，如图 2-60 所示。在"保存在"下拉列表框中确定保存的位置（如 D:\VBSY12），在"文件名"下拉列表框中输入数据库的文件名"grade"，单击"保存"按钮，出现如图 2-61 所示的界面。系统将自动创建所需的数据库，并以磁盘文件的形式将它存储起来。

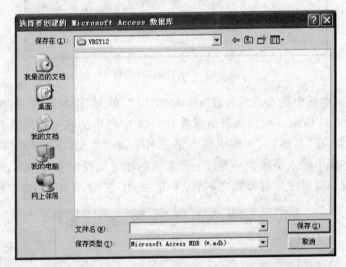

图 2-60　"选择要创建的 Microsoft Access 数据库"对话框

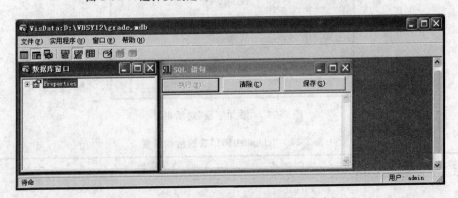

图 2-61　可视化数据管理器中的数据库窗口

（3）添加班级成绩表"class080101"

右击可视化数据管理器中的数据库窗口，从弹出的快捷菜单中选择"新建表"命令，弹出"表结构"对话框，如图 2-62 所示。

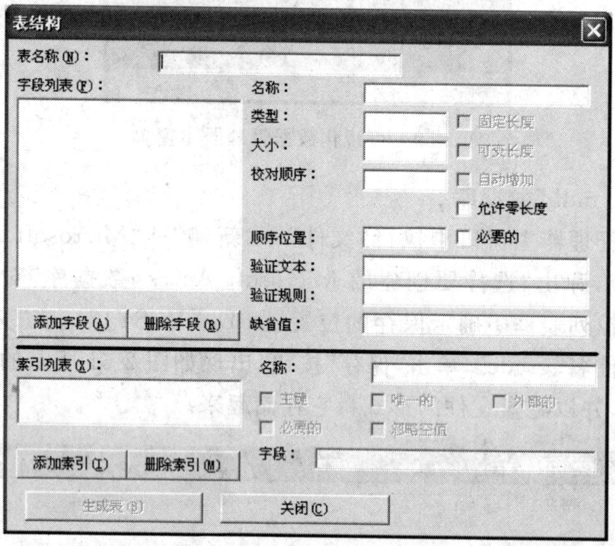

图 2-62　"表结构"对话框

在"表名称"文本框中输入表的名称"class080101"，单击"添加字段"按扭，弹出"添加字段"对话框，如图 2-63 所示。利用该对话框按表 2-24 中列出的各个字段及其含义设置各项的相关属性。例如，在"名称"文本框中输入字段名字，在"类型"下拉列表框中选择字段类型，在"大小"文本框中输入字段大小等。一个字段的相关属性定义完毕后，则单击"确定"按钮，添加其他字段。所有字段都添加完毕后，单击"关闭"按扭，关闭"添加字段"对话框。

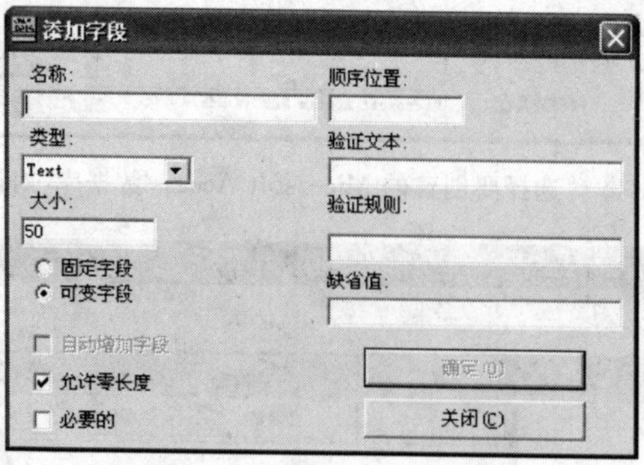

图 2-63　"添加字段"对话框

表 2-24　"class080101"表的结构设置

字段名含义	字段名	类型	大小
学号	xuehao	Text	8
姓名	xingming	Text	8

续表

字段名含义	字段名	类型	大小
语文	yuwen	Integer	
数学	shuxue	Integer	
外语	waiyu	Integer	
总分	zongfen	Integer	

在"表结构"对话框中单击"生成表"按钮,即可创建一个新的数据库表。

在数据库窗口中,双击表名"class080101",或右击表名"class080101",在弹出的快捷菜单中选择"打开"命令,系统会弹出如图 2-64 所示的数据库维护对话框,利用该对话框可以对数据库表中的记录进行添加、编辑和删除等操作。

单击"添加"按钮,输入相应的字段值后,再单击"更新"按扭确认添加该条记录;否则,单击"取消"按钮取消该条记录。读者可按表 2-23 完成记录的添加。

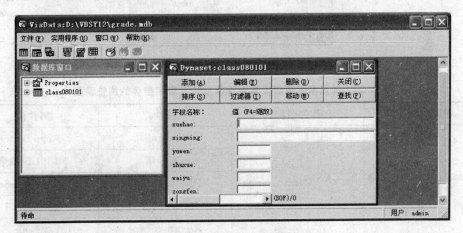

图 2-64　数据库维护对话框

2. 实验项目 2 的实现步骤

SQL 语言中的 Update 命令用来改变特定记录或字段的值。其标准格式如下:

update 表名 set 字段＝值 where 条件

因此,要实现"zongfen"字段的更新,其命令格式为:

update class080101 set zongfen＝yuwen＋shuxue＋waiyu

如图 2-65 所示,在 SQL 语句窗口中输入上述命令,单击"执行"按钮,在弹出的询问对话框中单击"否"按钮,即可完成"class080101"表中"zongfen"字段的更新。

3. 实验项目 3 的实现步骤

(1)界面设计及属性设置

设计如图 2-66 所示的窗体,并按表 2-25 设置各控件的相关属性,就可以用数据控件及绑定控件实现对班级成绩表的浏览操作。

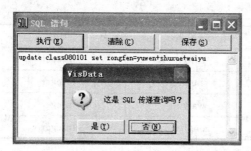

图 2-65　SQL 语句窗口

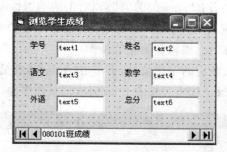

图 2-66　浏览学生成绩窗体界面设计

表 2-25　浏览学生成绩窗体中数据控件及绑定控件的属性设置

控件类型	控件名称	属性	属性值
Data	Data1	Align	2-Align Bottom
		Caption	080101 班成绩
		DatabaseName	D:\VBSY12\grade.mdb
		RecordSource	class080101
		RecordsetType	0-Table
TextBox	Text1	DataSource	Data1
		DataField	xuehao
		Enabled	False
	Text2	DataSource	Data1
		DataField	xingming
		Enabled	False
	Text3	DataSource	Data1
		DataField	yuwen
		Enabled	False
	Text4	DataSource	Data1
		DataField	shuxue
		Enabled	False

续表

控件类型	控件名称	属性	属性值
	Text5	DataSource	Data1
		DataField	waiyu
		Enabled	False
	Text6	DataSource	Data1
		DataField	zongfen
		Enabled	False
Label	Label1	Caption	学号
	Label2	Caption	姓名
	Label3	Caption	语文
	Label4	Caption	数学
	Label5	Caption	外语
	Label6	Caption	总分

（2）调试运行

调试后，按功能键 F5 运行程序。运行结果如图 2-67 所示。

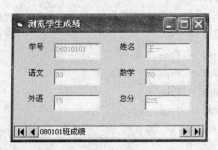

图 2-67　浏览学生成绩运行结果

（3）保存工程文件和窗体文件

执行"文件"→"保存工程"菜单命令，确定工程文件的保存路径和文件名（如 D:\VB-SY12\sy3\工程 1.vbp），单击"保存"按钮；再确定窗体文件的保存路径和文件名（如 D:\VBSY12\sy3\form1.frm），单击"保存"按钮。

4. 实验项目 4 的实现步骤

（1）将实验项目 3 的工程文件和窗体文件另存

执行"文件"→"工程另存为"菜单命令，确定工程文件的保存路径和文件名（如 D:\VB-SY12\sy4\工程 1.vbp），单击"保存"按钮；执行"文件"→"form1.frm 另存为"菜单命令，确定窗体文件的保存路径和文件名（如 D:\VBSY12\sy4\form1.frm），再单击"保存"按钮。

（2）界面设计

添加 3 个命令按扭控件：Command1、Command2、Command3，如图 2-68 所示。

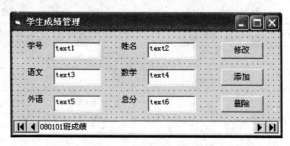

图 2-68   学生成绩管理窗体界面设计

（3）属性设置

窗体的 Caption 属性设置为"学生成绩管理"，3 个命令按扭 Command1、Command2、Command3 的 Caption 属性分别设置为修改、添加、删除。

（4）代码编写

根据题意，需定义 3 个单击事件过程，具体代码如下：

```
Private Sub Command1_Click()
    Data1. Visible = False                         '隐藏数据控件
    Command2. Enabled = Not Command2. Enabled      '控制按扭的可用性
    Command3. Enabled = Not Command3. Enabled
    Data1. Recordset. Edit
    If Command1. Caption = "修改" Then             '改变按钮提示文字
        Text1. Enabled = True                      '允许文本框输入
        Text2. Enabled = True
        Text3. Enabled = True
        Text4. Enabled = True
        Text5. Enabled = True
        Command1. Caption = "确认"
    Else
        Data1. Recordset. Update
        Data1. Recordset. Edit
        '当命令较长时,可以用续行符将一条命令写在两行上
        Data1. Recordset("zongfen") = Data1. Recordset("yuwen") + _
        Data1. Recordset("shuxue") + Data1. Recordset("waiyu")
        Data1. Recordset. Update
        Text1. Enabled = False                     '禁止文本框输入
        Text2. Enabled = False
        Text3. Enabled = False
        Text4. Enabled = False
        Text5. Enabled = False
        Command1. Caption = "修改"
        Data1. Visible = True                      '显示数据控件
    End If
```

```
End Sub

Private Sub Command2_Click()
    Data1. Visible = False
    Command1. Enabled = Not Command1. Enabled
    Command3. Enabled = Not Command3. Enabled
    If Command2. Caption = "添加" Then
        Text1. Enabled = True
        Text2. Enabled = True
        Text3. Enabled = True
        Text4. Enabled = True
        Text5. Enabled = True
        Text6. Enabled = True
        Text1. SetFocus
        Data1. Recordset. AddNew
        Command2. Caption = "确认"
    Else
        Data1. Recordset. Update
        Text1. Enabled = False
        Text2. Enabled = False
        Text3. Enabled = False
        Text4. Enabled = False
        Text5. Enabled = False
        Text6. Enabled = False
        Command2. Caption = "添加"
        Data1. Visible = True
    End If
End Sub

Private Sub Command3_Click()
    On Error Resume Next
    Data1. Recordset. Delete
    Data1. Recordset. MoveNext
    If Data1. Recordset. EOF Then Data1. Recordset. MoveLast
End Sub
```

(5)调试运行并保存文件

调试后,按功能键 F5 运行程序。执行"文件"→"保存工程"菜单命令。

第3部分 全国计算机等级考试(VB)二级笔试

自测题 1

（考试时间 90 分钟，满分 100 分）

一、单项选择题（(1)~(20)每小题 2 分,(21)~(30)每小题 3 分,共 70 分）

1. 设窗体上有一个文本框,名称为"Text1",程序运行后,要求该文本框只能显示信息,不能接收输入的信息,以下能实现该操作的语句是( )。
   - A. Text1. MaxLength=0
   - B. Text1. Enabled=Flase
   - C. Text1. Visible=Flase
   - D. Text1. Width=0

2. 以下能在窗体 Form1 的标题栏中显示"VisualBasic 窗体"的语句是( )。
   - A. Form1. Name="VisualBasic 窗体"
   - B. Form1. Title="VisualBasic 窗体"
   - C. Form1. Caption="VisualBasic 窗体"
   - D. Form1. Text="VisualBasic 窗体"

3. 在窗体上添加一个名称为"Text1"的文本框,然后添加一个名称为"HScroll1"的滚动条,其 Min 和 Max 属性分别为"0"和"100"。程序运行后,如果移动滚动块,则在文本框中显示滚动条的当前值,如图所示。

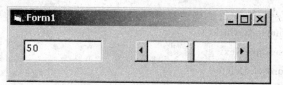

   以下能实现上述操作的程序段是( )。
   - A.
     ```
     Private Sub HScroll1_Change()
         Text1. Text=HScroll1. Value
     End Sub
     ```
   - B.
     ```
     Private Sub HScroll1_Click()
         Text1. Text=HScroll1. Value
     End Sub
     ```
   - C.
     ```
     Private Sub HScroll1_Change()
         Text1. Text=HScroll1. Caption
     End Sub
     ```
   - D.
     ```
     Private Sub HScroll1_Click()
         Text1. Text=HScroll1. Caption
     End Sub
     ```

4. 设菜单中有一个菜单项为"Open",若要为该菜单命令设置访问键,即按下 Alt 及字母 O 时,能够执行"Open"命令,则在菜单编辑器中设置"Open"命令的方式是( )。

A. 把 Caption 属性设置为"&Open"　　　　B. 把 Caption 属性设置为"O&pen"

C. 把 Name 属性设置为"&Open"　　　　　D. 把 Name 属性设置为"O&pen"

5. 在窗体上添加一个名称为"Command1"的命令按钮,然后编写如下事件过程:

```
Private Sub Command1_Click()
    x = InputBox("Input")
    Select Case x
    Case 1,3
        Print "分支 1"
    Case Is >4
        Print "分支 2"
    Case Else
        Print "Else 分支 "
    End Select
End Sub
```

程序运行后,如果在输入对话框中输入 2,则窗体上显示的是(　　)。

A. 分支 1　　　　　　B. 分支 2　　　　　C. Else 分支　　　　　D. 程序出错

6. 以下关于 MsgBox 函数的叙述中,错误的是(　　)。

A. MsgBox 函数返回一个整数

B. 通过 MsgBox 函数可以设置消息框中图标和按钮的类型

C. MsgBox 语句没有返回值

D. MsgBox 函数的第 2 个参数是一个整数,该参数只能确定对话框中显示的按钮数量

7. 在窗体上添加一个名称为"Timer1"的计时器控件,要求每隔 0.5 秒发生一次计时器事件,则以下正确的属性设置语句是(　　)。

A. Timer1. Interval＝0.5　　　　　　B. Timer1. Interval＝5

C. Timer. Interval＝50　　　　　　　D. Timer1. Interval＝500

8. 在窗体上添加一个名称为"Command1"的命令按钮,然后编写如下事件过程:

```
Private Sub Command1_Click()
    Static x As Integer
    Cls
    For i = 1 To 2
        y = y + x
        x = x + 2
    Next
    Print x,y
End Sub
```

程序运行后,连续 3 次单击 Command1 按钮,窗体上显示的是(　　)。

A. 4　2　　　　　　B. 12　18　　　　　C. 12　30　　　　　D. 4　6

9. 以下关于多重窗体程序的叙述中,错误的是(　　)。

A. 用 Hide 方法不但可以隐藏窗体,而且能清除内存中的窗体

B. 在多重窗体程序中,各窗体的菜单是彼此独立的

C. 在多重窗体程序中,可以根据需要指定启动窗体

D. 对于多重窗体程序,需要单独保存每个窗体

10. 以下关于文件的叙述中,错误的是(　　)。

A. 顺序文件中的记录一个接一个地顺序存放

B. 随机文件中记录的长度是随机的

C. 执行打开文件的命令后,自动生成一个文件指针

D. Lof 函数返回给文件分配的字节数

11. 以下叙述中错误的是(　　)。

A. 事件过程是响应特定事件的一段程序

B. 不同的对象可以具有相同名称的方法

C. 对象的方法是执行指定操作的过程

D. 对象事件的名称可以由编程者指定

12. 以下合法的 VB 标识符是(　　)。

A. ForLoop　　　　B. Const　　　　C. 9abc　　　　D. a≠x

13. 当一个复选框被选中时,它的 Value 属性的值是(　　)。

A. 3　　　　B. 2　　　　C. 1　　　　D. 0

14. 表达式"5 Mod 3＋3\5＊2"的值是(　　)。

A. 0　　　　B. 2　　　　C. 4　　　　D. 6

15. 设 x＝4,y＝8,z＝7,则表达式"x＜y And (Not y＞z) Or z＜x"的值是(　　)。

A. 1　　　　B. −1　　　　C. True　　　　D. False

16. 在窗体上添加一个名称为"Command1"的命令按钮,然后编写如下事件过程:

```
Private Sub Command1_Click()
    a$ = "VisualBasic"
    Print String(3,a$)
End Sub
```

程序运行后,单击命令按钮,在窗体上显示的内容是(　　)。

A. VVV　　　　B. Vis　　　　C. sic　　　　D. 11

17. 设有如下程序段:

```
x = 2
For i = 1 To 10 Step 2
    x = x + i
Next
```

运行以上程序后,x 的值是(　　)。

A. 26　　　　B. 27　　　　C. 38　　　　D. 57

18. 以下叙述中错误的是(　　)。

A. 在 KeyPress 事件过程中不能识别键盘的按下与释放

B. 在 KeyPress 事件过程中不能识别 Enter 键

C. 在 KeyDown 和 KeyUp 事件过程中,将键盘输入的"A"和"a"视作相同的字母

D. 在 KeyDown 和 KeyUp 事件过程中,从大键盘输入的"1"和从右侧小键盘输入的"1"被视作不同的字符

19. 执行如下两条语句,窗体上显示的是(　　)。

```
a = 9.8596
Print Format(a,"$00,00.00")
```

　A. 0,009.86　　　　　B. $9.86　　　　　C. 9.86　　　　　D. $0,009.86

20. 在窗体上添加一个名称为"CommandDialog1"的通用对话框,一个名称为"Command1"的命令按钮。然后编写如下事件过程:

```
Private Sub Command1_Click()
    CommonDialog1.FileName = ""
    CommonDialog1.Filter = "All file|*.*|(*.Doc)|*.Doc|(*.Txt)|*.Txt"
    CommonDialog1.FilterIndex = 2
    CommonDialog1.DialogTitle = "VBTest"
    CommonDialog1.Action = 1
End Sub
```

对于这个程序,以下叙述中错误的是(　　)。

A. 该对话框被设置为"打开"对话框

B. 在该对话框中指定的默认文件名为空

C. 该对话框的标题为 VBTest

D. 在该对话框中指定的默认文件类型为文本文件(*.txt)

21. 设一个工程由两个窗体组成,其名称分别为"Form1"和"Form2",在 Form1 上有一个名称为"Command1"的命令按钮。窗体 Form1 的程序代码如下:

```
Private Sub Command1_Click()
    Dim a As Integer
    a = 10
    Call g(Form2,a)
End Sub

Private Sub g(f As Form,x As Integer)
    y = IIf(x>10,100,-100)
    f,Show
    f.Caption = y
End Sub
```

运行以上程序,正确的结果是(　　)。

A. Form1 的 Caption 属性值为"100"　　　　　B. Form2 的 Caption 属性值为"-100"

C. Form1 的 Caption 属性值为"－100"　　D. Form2 的 Caption 属性值为"100"

22. 在窗体上添加一个名称为"Command1"的命令按钮,并编写如下程序:

```
Private Sub Command1_Click()
    Dim x As Integer
    Static y As Integer
    x = 10
    y = 5
    Call f1(x,y)
    Print x,y
End Sub


Private Sub f1(ByRef x1 As Integer, y1 As Integer)
    x1 = x1 + 2
    y1 = y1 + 2
End Sub
```

程序运行后,单击命令按钮,在窗体上显示的内容是(　　　)。

A. 10　5　　　　　　　　B. 12　5　　　　　　　　C. 10　7　　　　　　　　D. 12　7

23. 设有如下程序:

```
Option Base 1
Private Sub Command1_Click()
    Dim a(10) As Integer
    Dim n As Integer
    n = InputBox("输入数据")
    If n < 10 Then
        Call GetArray(a,n)
    End If
End Sub


Private Sub GetArray(b() As Integer,n As Integer)
    Dim c(10) As Integer
    j = 0
    For i = 1 To n
        b(i) = CInt(Rnd() * 100)
        If b(i)/2 = b(i)\2 Then
            j = j + 1
            c(j) = b(i)
        End If
    Next
    Print j
End Sub
```

以下叙述中错误的是(　　)。

A. 数组 b 中的偶数被保存在数组 c 中

B. 程序运行结束后,在窗体上显示的是数组 c 中元素的个数

C. GetArray 过程的参数 n 是按值传送的

D. 如果输入的数据大于 10,则窗体上不会有任何显示

24. 在窗体上添加一个名称为"Command1"的命令按钮,然后编写如下事件过程:

```
Option Base 1

Private Sub Command1_Click()
    Dim a
    a= Array(1,2,3,4,5)
    For i=1 To UBound(a)
        a(i) = a(i)+i-1
    Next
    Print a(3)
End Sub
```

程序运行后,单击命令按钮,则在窗体上显示的内容是(　　)。

A. 4　　　　　　　　B. 5　　　　　　　　C. 6　　　　　　　　D. 7

25. 阅读以下程序:

```
Option Base 1

Private Sub Form_Click()
    Dim arr,Sum
    Sum = 0
    arr = Array(1,3,5,7,9,11,13,15,17,19)
    For i = 1 To 10
        If arr(i)/3 = arr(i)\3 Then
            Sum = Sum + arr(i)
        End If
    Next i
    Print Sum
End Sub
```

程序运行后,单击窗体,输出结果为(　　)。

A. 13　　　　　　　　B. 14　　　　　　　　C. 27　　　　　　　　D. 15

26. 在窗体上添加一个名称为"File1"的文件列表框,并编写如下程序:

```
Private Sub File1_DblClick()
    x = Shell(File1.FileName,1)
End Sub
```

以下关于该程序的叙述中,错误的是(　　　　)。

A. x 没有实际作用,因此可以将该语句写为"Call Shell(File1,FileName,1)"

B. 双击文件列表框中的文件,将触发该事件过程

C. 要执行的文件的名字通过"File1. FileName"指定

D. File1 中显示的是当前驱动器、当前目录下的文件

27. 在窗体上添加一个名称为"Label1"、标题为"VisualBasic 考试"的标签,两个名称分别为"Command1"和"Command2"、标题分别为"开始"和"停止"的命令按钮,然后添加一个名称为"Timer1"的计时器控件,并把其 Interval 属性设置为"500",如图所示。

编写如下程序:

```
Private Sub Form_Load()
    Timer1. Enabled=False
End Sub


Private Sub Command1_Click()
    Timer1. Enabled=True
End Sub


Private Sub Command2_Click()
    Timer1. Enabled=False
End Sub


Private Sub Timer1_Timer()
    If Label1. Left<Width Then
        Label1. Left = Label1. Left + 20
    Else
        Label1. Left=0
    End If
End Sub
```

程序运行后,单击"开始"按钮,标签在窗体中移动。

对于这个程序,以下叙述中错误的是(　　　　)。

A. 标签的移动方向为自右向左

B. 单击"停止"按钮后再单击"开始"按钮,标签从停止的位置继续移动

C. 当标签全部移出窗体后,将从窗体的另一端出现并重新移动

D. 标签按指定的时间间隔移动

28.执行以下程序段：

```
a $ ="abbacddcba"
For i=6 To 2 Step −2
    X=Mid(a,i,i)
    Y=Left(a,i)
    z=Right(a,i)
    z=UCase(X & Y & z)
Next i
Print z
```

输出结果为(　　)。

A. ABA　　　　　　　B. BBABBA　　　　　C. ABBABA　　　　　D. AABAAB

29.在窗体上添加一个名称为"Command1"的命令按钮,然后编写如下程序：

```
Option Base 1

Private Sub Command1_Click()
    Dim a As Variant
    a=Array(1,2,3,4,5)
    Sum=0
    For i=1 To 5
        Sum = Sum+a(i)
    Next i
    x=Sum/5
    For i =1 To 5
        If a(i)>x Then Print a(i);
    Next i
End Sub
```

程序运行后,单击命令按钮,在窗体上显示的内容是(　　)。

A.1 2　　　　　　　B.1 2 3　　　　　　C.3 4 5　　　　　　D.4 5

30.假定一个工程由一个窗体文件 Form1 和两个标准模块文件 Model1 及 Model2 组成。

Model1 代码如下：

```
Public x As Integer
Public y As Integer

Sub S1()
    x =1
    S2
End Sub

Sub S2()
```

```
        y=10
        Form1. Show
    End Sub
```

Model2 的代码如下：

```
    Sub Main()
        S1
    End Sub
```

其中，Sub Main 被设置为启动过程。程序运行后，各模块的执行顺序是(　　　)。

A. Form1→Model1→Model2　　　　　B. Model1→Model2→Form1

C. Model2→Model1→Form1　　　　　D. Model2→Form1→Model1

二、填空题(每空 2 分,共 30 分)

1. 设有如下程序段：

```
    a $ ="BeijingShanghai"
    b $ =Mid(a $ ,InStr(a $ ,"g")+1)
```

执行上面的程序段后,变量 b $ 的值为　(1)　。

2. 以下程序段的输出结果是　(2)　。

```
    num =0
    While num<=2
        num = num + 1
    Wend
    Print num
```

3. 窗体上有一个名称为"List1"的列表框,一个名称为"Text1"的文本框,一个名称为 "Label1"、Caption 属性为"SUM"的标签,一个名称为"Command1"、Caption 属性为"计 算"的命令按钮。程序运行后,将把 1～100 之间能够被 7 整除的数添加到列表框中。如 果单击"计算"按钮,则对 List1 中的数进行累加求和,并在文本框中显示计算结果,如图 所示。

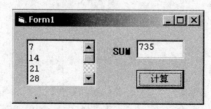

以下是实现上述功能的程序,请填空。

```
    Private Sub Form_Load()
        For i=1 To 100
```

```
            If i Mod 7 = 0 Then
                    (3)
            End If
        Next
    End Sub

    Private Sub Command1_Click()
        Sum = 0
        For i = 0 To    (4)
            Sum = Sum +    (5)
        Next
        Text1. Text = Sum
    End Sub
```

4. 本程序的功能是利用随机函数模拟投币,方法是:每次随机产生 1 个"0"或"1",相当于 1
   次投币,1 代表正面,0 代表反面。在窗体上有 3 个文本框,名称分别是 Text 1、Text 2、Text 3,
   分别用于显示用户输入投币总次数、出现正面的次数和出现反面的次数,如图所示。

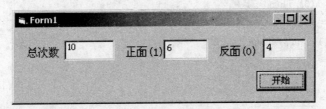

　　程序运行后,在文本框 Text1 中输入总次数,然后单击"开始"按钮,按照输入的次数
模拟投币,分别统计出现正面、反面的次数,并显示结果。以下是实现上述功能的程序,请
填空。

```
    Private Sub Command1_Click()
        Randomize
        n = CInt(Text1. Text)
        n1 = 0
        n2 = 0
        For I = 1 To    (6)
            r = Int(Rnd * 2)
            If r =    (7)    Then
                n1 = n1 + 1
            Else
                n2 = n2 + 1
            End If
        Next
        Text2. Text = n1
        Text3. Text = n2
    End Sub
```

5.阅读程序：

```
Option Base 1

Private Sub Form_Click()
    Dim a(3) As Integer
    Print "输入的数据是：";
    For i = 1 To 3
        a(i) = InputBox("输入数据")
        Print a(i);
    Next
    Print
    If a(1)<a(2) Then
        t = a(1)
        a(1) = a(2)
        a(2) =   (8)
    End If
    If a(2)>a(3) Then
        m = a(2)
    ElseIf a(1)>a(3) Then
        m =   (9)
    Else
        m =   (10)
    End If
    Print "中间数是：";m
End Sub
```

程序运行后，单击窗体，在输入对话框中分别输入 3 个整数，程序将输出 3 个数中的中间大小的数，如图所示。请填空。

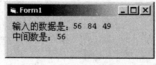

6.在窗体上添加 1 个名称为"Command1"、标题为"计算"的命令按钮，再添加 7 个标签，其中 5 个标签组成名称为 Label1 的控件数组；名称为 Label2 的标签用于显示计算结果，其 Caption 属性的初始值为空；标签 Label3 的标题为"计算结果"。运行程序时会自动生成 5 个随机数，分别显示在标签控件数组的各个标签中，如图所示。单击"计算"按钮，则将标签数组各元素的值累加，然后将计算结果显示在 Label2 中。请填空。

```
Private Sub Command1_Click()
    Sum = 0
    For i = 0 To 4
        Sum = Sum +   (11)
    Next
      (12)   = Sum
End Sub
```

7. 在窗体上添加两个名称分别为"Command1"和"Command2"、标题分别为"初始化"和"求和"的命令按钮。程序运行后,如果单击"初始化"命令按钮,则对数组 a 的各元素赋值;如果单击"求和"命令按钮,则求出数组 a 的各元素之和,并在文本框中显示出来,如图所示。请填空。

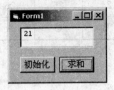

```
Option Base 1
Dim a(3,2) As Integer

Private Sub Command1_Click()
    For i = 1 To 3
        For j = 1 To 2
             (13)   = i + j
        Next j
    Next i
End Sub

Private Sub Command2_Click()
    For j = 1 To 3
        For i = 1 To 2
            s = s +   (14)
        Next i
    Next j
    Text1.Text =   (15)
End Sub
```

参考答案

一、单项选择题

题号	1	2	3	4	5	6	7	8	9	10
答案	B	C	A	A	C	D	D	B	A	B
题号	11	12	13	14	15	16	17	18	19	20
答案	D	A	C	B	D	A	B	B	D	D
题号	21	22	23	24	25	26	27	28	29	30
答案	B	D	C	B	C	A	A	B	D	C

二、填空题

(1)"Shanghai"

(2)3

(3)List1. AddItem i

(4)List1. ListCount－1

(5)List1. List(i)

(6)n

(7)1

(8)t

(9)a(3)

(10)a(1)

(11)Label1(i). Caption

(12)Label2. Caption

(13)a(i,j)

(14)a(j,i)

(15)s

自测题 2

(考试时间 90 分钟,满分 100 分)

一、单项选择题(每小题 2 分,共 70 分)

1. 软件是指( )。
   A. 程序
   B. 程序和文档
   C. 算法加数据结构
   D. 程序、数据与相关文档的完整集合

2. 软件调试的目的是( )。
   A. 发现错误
   B. 改正错误
   C. 改善软件的性能
   D. 验证软件的正确性

3. 在面向对象方法中,实现信息隐蔽是依靠( )。
   A. 对象的继承　　　B. 对象的多态　　　C. 对象的封装　　　D. 对象的分类

4. 下列叙述中,不符合良好程序设计风格要求的是( )。
   A. 程序的效率第一,清晰第二
   B. 程序的可读性好
   C. 程序中要有必要的注释
   D. 输入数据前要有提示信息

5. 下列叙述中正确的是( )。
   A. 程序执行的效率与数据的存储结构密切相关
   B. 程序执行的效率只取决于程序的控制结构
   C. 程序执行的效率只取决于所处理的数据量
   D. 以上 3 种说法都不对

6. 下列叙述中正确的是( )。
   A. 数据的逻辑结构与存储结构必定是一一对应的
   B. 由于计算机存储空间是向量式的存储结构,因此,数据的存储结构一定是线性结构
   C. 程序设计语言中的数组一般是顺序存储结构,因此,利用数组只能处理线性结构
   D. 以上 3 种说法都不对

7. 冒泡排序在最坏情况下的比较次数是( )。
   A. $n(n+1)/2$　　　　B. $n\log_2 n$　　　　C. $n(n-1)/2$　　　　D. $n/2$

8. 一棵二叉树中共有 70 个叶子结点和 80 个度为 1 的结点,则该二叉树中的总结点数为( )。
   A. 219　　　　B. 221　　　　C. 229　　　　D. 231

9. 下列叙述中正确的是( )。
   A. 数据库系统是一个独立的系统,不需要操作系统的支持
   B. 数据库技术的根本目标是要解决数据的共享问题
   C. 数据库管理系统就是数据库系统

D. 以上 3 种说法都不对

10. 下列叙述中正确的是(　　　)。

　　A. 为了建立一个关系,首先要构造数据的逻辑关系

　　B. 表示关系的二维表中各元组的每一个分量还可以分成若干数据项

　　C. 一个关系的属性名表称为关系模式

　　D. 一个关系可以包括多个二维表

11. 要使一个文本框可以显示多行文本,应设置为"True"的属性是(　　　)。

　　A. Enabled　　　　　　B. MultiLine　　　　　C. MaxLength　　　　　D. Width

12. 在窗体上有一个名为"Text1"的文本框。当光标在文本框中时,如果按下字母键"a",则被调用的事件过程是(　　　)。

　　A. Form_KeyPress()　　　　　　　　　　B. Text1_LostFocus()

　　C. Text1_Click()　　　　　　　　　　　D. Test1_Change()

13. 设在窗体上有一个名称为"Command1"的命令按钮和一个名称为"Text1"的文本框,要求单击 Command1 按钮时可把光标移到文本框中。下面正确的事件过程是(　　　)。

　　A. Private Sub Command1_Click()　　　B. Private Sub

　　　　　Text1. GotFocus　　　　　　　　　　　Command1. GotFocus

　　　End Sub　　　　　　　　　　　　　　　End Sub

　　C. Private Sub Command1_Click()　　　D. Private Sub

　　　　　Text1. SetFocus　　　　　　　　　　　Command1. SetFocus

　　　End Sub　　　　　　　　　　　　　　　End Sub

14. 执行以下程序后输出的是(　　　)。

```
Private Sub Command1_Click()
    ch $ ="aabcdefgh"
    Print Mid(Right(ch $ ,6),Len(Left(ch $ ,4)),2)
End Sub
```

　　A. cdefgh　　　　　　B. abcd　　　　　　　C. fg　　　　　　　　D. ab

15. 设在窗体 Form1 上有一个列表框 List1,其中有若干个列表项,要求单击列表框中某一列表项时,把该项显示在窗体上。正确的事件过程是(　　　)。

　　A. Private Sub List1_Click()　　　　　B. Private Sub Form1_Click()

　　　　　Print List1. Text　　　　　　　　　　Print List1. Text

　　　End Sub　　　　　　　　　　　　　　　End Sub

　　C. Private Sub List1_Click()　　　　　D. Private Sub Form1_Click()

　　　　　Print Form1. Text　　　　　　　　　List1. Print List1. Text

　　　End Sub　　　　　　　　　　　　　　　End Sub

16. 若窗体上的图片框中有一个命令按钮,则此按钮的 Left 属性是指(　　　)。

　　A. 按钮左端到窗体左端的距离　　　　　　B. 按钮左端到图片框左端的距离

　　C. 按钮中心点到窗体左端的距离　　　　　D. 按钮中心点到图片框左端的距离

17. 为使程序运行时通用对话框 cd1 上显示的标题为"对话框窗口",若通过程序设置该标

题,则应使用的语句是( )。

A. cd1. DialogTitle="对话框窗口" B. cd1. Action="对话框窗口"

C. cd1. FileName="对话框窗口" D. cd1. Filter="对话框窗口"

18. 在窗体上有如右图所示的控件,各控件的名称与其标题相同,并有如下程序:

```
Private Sub Form_Load()
    Command2. Enabled = False
    Check1. Value = 1
End Sub
```

刚运行程序时,看到的窗体外观是( )。

A.

B.

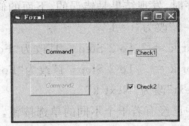

C.

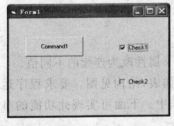

D.

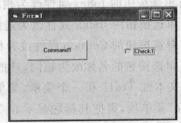

19. 设在窗体中有一个名称为"List1"的列表框,其中有若干个列表项(如图),要求选中某一列表项后单击 Command1 按钮,就删除选中的项。正确的事件过程是( )。

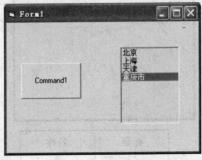

A. Private Sub Command1_Click()   B. Private Sub Command1_Click()
    List1. Clear   List1. Clear List1. ListIndex
End Sub   End Sub

C. Private Sub Command1_Click()
　　List1. RemoveItem List1. ListIndex
　End Sub

D. Private Sub Command1_Click()
　　List1. RemoveItem
　End Sub

20. 某人设计了如下程序用来计算并输出 7!：

```
Private Sub Command1_Click()
    t=0
    For k=7 To 2 Step -1
        t=t * k
    Next
    Print t
End Sub
```

运行程序时,发现结果是错误的,下面的修改方案中能够得到正确结果的是(　　)。

A. 把"t=0"改为"t=1"

B. 把"For k = 7 To 2 Step -1"改为"For k =7 To 1 Step -1"

C. 把"For k = 7 To 2 Step-1"改为"For k=1 To 7"

D. 把"Next"改为"Next k"

21. 若窗体中已经有若干个不同的单选按钮,要把它们改为一个单选按钮组,在属性窗口中需要且只需要进行的操作是(　　)。

A. 把所有单选按钮的 Index 属性改为相同值

B. 把所有单选按钮的 Index 属性改为连续的不同值

C. 把所有单选按钮的 Caption 属性改为相同值

D. 把所有单选按钮的名称改为相同,且把它们的 Index 属性改为连续的不同值。

22. 窗体上有文本框 Text1 和一个菜单,菜单标题、名称如表,结构见图。要求程序运行时单击"保存"菜单项,则把其标题显示在 Text1 文本框中。下面可实现此功能的事件过程是(　　)。

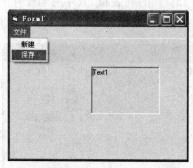

标题	名称
文件	file
新建	new
保存	save

A. Private Sub Save_Click()
　　Text1. Text＝File. Save. Caption
　End Sub

B. Private Sub Save_Click()
　　Text1. Text＝Save. Caption
　End Sub

C. Private Sub File_Click()
　　Text1. Text＝File. Save. Caption
　End Sub

D. Private Sub File_Click()
　　Text1. Text＝Save. Caption
　End Sub

23. 某人在窗体上添加了一个名称为"Timer1"的计时器和一个名称为"Lab"的"Label1"标签。Timer1 的属性设置为"Enabled＝True，Interval＝0"，并编程如下：

　　　Private Sub Timer1_Timer()
　　　　　Label1. Caption＝Time ＄
　　　End Sub

希望每两秒在标签上显示一次系统当前时间。在程序运行时发现未能实现上述目的，那么，他应做的修改是(　　　)。

A. 通过属性窗口把计时器的 Interval 属性设置为"2000"

B. 通过属性窗口把计时器的 Enabled 属性设置为"False"

C. 把事件过程中的"Label1. Caption＝Time ＄"语句改为"Timer1. Interval＝Tims ＄"

D. 把事件过程中的"Label1. Caption＝Time ＄"语句改为"Label1. Caption＝Timer1. Time"

24. 形状控件的 Shape 属性有 6 种取值，分别代表 6 种几何图形，下列不属于这 6 种几何图形的是(　　　)。

A.　　　　　　　B.　　　　　　　C.　　　　　　　D.

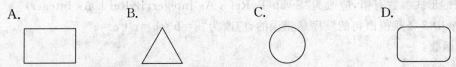

25. 下面关于文件的叙述中错误的是(　　　)。

A. 随机文件中各条记录的长度是相同的

B. 打开随机文件时采用的文件存取方式应该是 Random

C. 向随机文件中写数据应使用语句 Print ＃ 文件号

D. 打开随机文件与打开顺序文件一样，都使用 Open 语句

26. 设窗体上有一个图片框 Picture1，要在程序运行期间装入当前文件夹下的图形文件"file1.jpg"，能实现此功能的语句是(　　　)。

A. Picture1. Picture＝"flie1. jpg"

B. Picture1. Picture＝LoadPicture("file1. jpg")

C. LoadPicture("file1. jpg")

D. Call LoadPicture("file1. jpg")

27. 下面程序运行时，在窗体上显示的是(　　　)。

　　　Private Sub Command1_Click()
　　　　　Dim a(10)
　　　　　For k ＝ 1 To 10

```
        a(k) = 11 - k
    Next k
    Print a(a(3)\a(7) Mod a(5))
End Sub
```

  A. 3   B. 5   C. 9   D. 17

28. 为达到把 a、b 中的值交换后输出的目的,某人编程如下:

```
    Private Sub Command1_Click()
        a% = 10：b% = 20
        Call Swap(a,b)
        Print a,b
    End Sub


    Private Sub Swap(ByVal a As Integer,ByVal b As Integer)
        c= a：a=b：b=c
    End Sub
```

在运行时发现输出结果错了,需要修改。下面列出的错误原因和修改方案中正确的是
(　　)。

  A. 调用 Swap 过程的语句错误,应改为"Call Swap a,b"

  B. 输出语句错误,应改为"Print ″a″,″b″"

  C. 过程的形式参数有错,应改为"Swap(ByRef a As Integer,ByRef b As Integer)"

  D. Swap 中 3 条赋值语句的顺序是错误的,应改为"a＝b：b＝c：c＝a"

29. 有如下函数:

```
    Function fun(a As Integer,n As Integer) As Integer
        Dim m As Integer
        While a >=n
            a=a-n
            m= m+1
        Wend
        fun=m
    End Function
```

该函数的返回值是(　　)。

  A. a 乘以 n 的乘积   B. a 加 n 的和

  C. a 减 n 的差   D. a 除以 n 的商(不含小数部分)

30. 下面程序的输出结果是(　　)。

```
    Private Sub Command1_Click()
        ch $ ="abcdef"
        Proc ch
        Print ch
```

```
End Sub

Private Sub Proc(ch As String)
    s=""
    For k=Len(ch) To 1 Step-1
        s=s & Mid(ch,k,1)
    Next k
    ch=s
End Sub
```

A. abcdef   B. fedcba   C. a   D. f

31. 某人编写了一个能够返回数组 a 的 10 个数中最大数的函数过程,代码如下:

```
Function maxvalue(a() As Integer) As Integer
    Dim max%
    max=1
    For k = 2 To 10
        If a(k)>a(max) Then
            max = k
        End If
    Next k
    maxvalue = max
End Function
```

程序运行时,发现函数过程的返回值是错的,需要修改,下面的修改方案中正确的是( )。

A. 语句"max = 1"应改为"max = a(1)"

B. 语句"For k = 2 To 10"应改为"For k = 1 To 10"

C. if 语句中的条件"a(k)>a(max)"应改为"a(k)>max"

D. 语句"maxvalue = max"应改为"maxvalue = a(max)"

32. 在窗体上添加一个名称为"Command1"的命令按钮,并编写以下程序:

```
Private Sub Command1_Click()
    Dim n%,b,t
    t = 1:b = 1:n = 2
    Do
        b = b * n
        t = t + b
        n = n +1
    Loop Until n>9
    Print t
End Sub
```

此程序计算并输出一个表达式的值,该表达式是( )。

A. 9!   B. 10!   C. 1!+2!+…+9!   D. 1!+2!+…+10!

33. 有一个名称为"Form1"的窗体,上面没有控件,设有以下程序(其中方法 PSet(x,y)的功能是在坐标(x,y)处画一个点):

```
Dim cmdmave As Boolean

Private Sub Form_MouseDown(button As Integer,shift As Integer, x As Single,y As Single)
    cmdmave = True
End Sub

Private Sub Form_MouseMove(button As Integer,shift As Integer, x As Single, y As Single)
    If cmdmave Then
        Form1. PSet(x,y)
    End If
End Sub

Private Sub Form_MouseUp(button As Integer, shift As Integer, x As Single,y As Single)
    cmdmave = False
End Sub
```

此程序的功能是( )。

A. 每按下鼠标键一次,在鼠标所指位置画一个点

B. 按下鼠标键,则在鼠标所指位置画一个点;放开鼠标键,则此点消失

C. 不按鼠标键而拖动鼠标,则沿鼠标拖动的轨迹画一条线

D. 按下鼠标键并拖动鼠标,则沿鼠标拖动的轨迹画一条线,放开鼠标键则结束画线

34. 某人设计了下面的函数 fun,功能是返回参数 a 中数值的位数:

```
Function fun(a As Integer) As Integer
    Dim n%
    n = 1
    While a \ 10 >= 0
        n = n + 1
        a = a \ 10
    Wend
    fun = n
End Function
```

在调用该函数时发现返回的结果不正确,函数需要修改,下面的修改方案中正确的是( )。

A. 把语句"n = 1"改为"n = 0"

B. 把循环条件"a \ 10 >= 0"改为"a \ 10 > 0"

C. 把语句"a = a \ 10"改为"a = a Mod 10"

D. 把语句"fun = n"改为"fun = a"

35. 在窗体上有一个名称为"Check1"的复选框组(含 4 个复选框),还有一个名称为"Text1"的文本框,初始内容为空。程序运行时,单击任何复选框,则把所有选中的复选框后面的

文字罗列在文本框中(见图)。下面能实现此功能的事件过程是(　　　)。

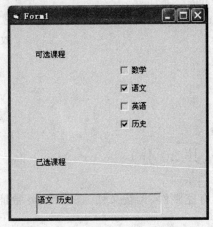

A. Private Sub Check1_Click(index As Integer)

  Text1. Text =" "

  For k = 0 To 3

    If Check1(k). Value = 1 Then

      Text1. Text = Text1. Text & Check1(k). Caption & " "

               ' 双引号中是空格

    End If

  Next k

 End Sub

B. Private Sub Check1_Click(index As Integer)

  For k = 0 To 3

    If Check1(k). Value = 1 Then

      Text1. Text = Text1. Text & Check1(k). Caption & " "

               ' 双引号中是空格

    End If

  Next k

 End Sub

C. Private Sub Check1_Click(index As Integer)

  Text1. Text = " "

  For k = 0 To 3

    If Check1(k). Value = 1 Then

      Text1. Text = Text1. Text & Check1(index). Caption & " "

               ' 双引号中是空格

    End If

  Next k

 End Sub

D. Private Sub Check1_Click(index As Integer)

  Text1. Text = " "

```
        For k = 0 To 3
            If Check1(k).Value = 1 Then
                Text1.Text = Text1.Text & Check1(k).Caption & " "
                                            ' 双引号中是空格
                Exit For
            End If
        Next k
    End Sub
```

二、填空题(每空 2 分,共 30 分)

1. 软件需求规格说明书应具有完整性、无歧义性、正确性、可验证性、可修改性等特征,其中最重要的是 ___(1)___ 。

2. 在两种基本测试方法中, ___(2)___ 测试的原则之一是保证所测模块中每一个独立路径至少执行一次。

3. 线性表的存储结构主要分为顺序存储结构和链式存储结构。队列是一种特殊的线性表,循环队列是队列的 ___(3)___ 存储结构。

4. 对下列二叉树进行中序遍历的结果为 ___(4)___ 。

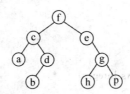

5. 在 E—R 图中,矩形表示 ___(5)___ 。

6. 窗体上有一个组合框,其中已输入了若干个项目。程序运行时,单击其中一项,即可把该项与最上面的一项交换。例如,单击图 1 中的"重庆",则与"北京"交换,得到图 2 的结果。下面是可实现此功能的程序,请填空。

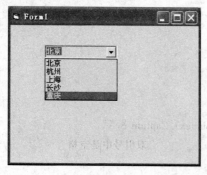
图 1

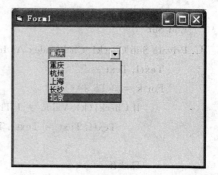
图 2

```
Private Sub Combo1_Click()
    Dim temp
    temp = Combo1.Text
```

```
        (6)   = Combo1. List(0)
    Combo1. List(0)  =  temp
End Sub
```

7.设窗体上有一个名称为"HScroll1"的水平滚动条,要求当滚动块移动位置后,能够在窗体上输出移动的距离(即新位置与原位置的刻度值之差,向右移动为正数,向左移动为负数)。下面是可实现此功能的程序,请填空。

```
Dim    (7)   As Integer

Private Sub Form_Load()
    Pos= HScroll1. Value
End Sub

Private Sub HScroll1_Change()
    Print    (8)   -Pos
    Pos=HScroll1. Value
End Sub
```

8.设窗体上有一个名称为"Cd1"的通用对话框,一个名称为"Text1"的文本框和一个名称为"Command1"的命令按钮。程序执行时,单击 Command1 按钮,则显示打开文件对话框,操作者从中选择一个文本文件,单击对话框上的"打开"按钮后,则可打开该文本文件,并读入一行文本,显示在 Text1 中。下面是实现此功能的事件过程,请填空。

```
Private Sub Command1_Click()
    Cd1. Filter ="文本文件 │ * . txt │ Word 文档 │ * . doc"
    Cd1. Filterindex = 1
    Cd1. showopen
    If Cd1. FileName<>" "Then
        Open    (9)   For Input As ♯1
        Line Input ♯1,ch $
        Close ♯1
        Text1. Text =    (10)
    End If
End Sub
```

9.下面的程序执行时,可以从键盘输入一个正整数,然后把该数的每位数字按逆序输出。例如,输入"7685",则输出"5867";输入"1000",则输出"0001"。请填空。

```
Private Sub Command1_Click()
    Dim x As Integer
    x=InputBox("请输入一个正整数")
    While x>    (11)
        Print x Mod 10;
        x=x\10
```

```
        Wend
        Print    (12)
    End Sub
```

10. 有如图所示的窗体。程序执行时先在 Text1 文本框中输入编号,当焦点试图离开 Text1 时,程序检查编号的合法性,若编号合法,则焦点可以离开 Text1 文本框;否则,显示相应错误信息,并自动选中错误的字符,且焦点不能离开 Text1 文本框。

合法编号的组成是:前两个字符是大写英文字母,第 3 个字符是"−",后面是数字字符(至少 1 个)。下面程序可实现此功能,请填空。

```
Private Sub Text1_Lostfocus()
    Dim k%,n%
    n=Len(    (13)    )
    For k=1 to IIf (n>3, n, 4)
        c=Mid(Text1. Text,k,1)
        Select Case k
        Case 1,2
        If c<"A" Or c>"Z" Then
            MsgBox ("第" & k & "个字符必须是大写字母!")
            Setposition k
            Exit For
        End If
        Case 3
        If c<>"−" Then
            MsgBox ("第" & k & "个字符必须是字符""−""")
            Setposition k
            Exit For
        End If
        Case Else
        If c<"0" Or c>"9" Then
            MsgBox ("第" & k & "个字符必须是数字!")
            Setposition k
            Exit For
        End If
```

```
        End Select
Next k
End Sub


Private Sub Setposition(pos As Integer)
    Text1. selstart=pos-1
    Text. sellength=    (14)
    Text1.    (15)
End Sub
```

参考答案

一、单项选择题

题号	1	2	3	4	5	6	7	8	9	10
答案	D	B	C	A	A	C	C	A	B	A
题号	11	12	13	14	15	16	17	18	19	20
答案	B	D	C	C	A	B	A	A	C	A
题号	21	22	23	24	25	26	27	28	29	30
答案	D	B	A	B	C	B	C	C	D	B
题号	31	32	33	34	35					
答案	D	C	D	B	A					

二、填空题

(1) 无歧义性

(2) 白盒测试

(3) 顺序

(4) acbdfehgp

(5) 实体集

(6) Combo1. List(Combo1. ListIndex)

(7) Pos

(8) HScroll1. Value

(9) Cd1. FileName

(10) ch

(11) 10

(12) x

(13) Text1. Text

(14) 1

(15) SetFocus